Detlev von Liliencron

Adjudantenritte

Detlev von Liliencron: Adjudantenritte.
Dem vorliegenden Text liegt der Erstdruck der Sammlung zugrunde: Leipzig (Wilhelm Friedrich) 1883.

Veröffentlicht von Contumax GmbH & Co. KG
Berlin, 2010
http://www.contumax.de/buch/
Gestaltung und Satz: Contumax GmbH & Co. KG
Druck und Bindung: Books on Demand GmbH, Norderstedt

ISBN 978-3-8430-5812-4

Inhalt

Der Gouverneur

Auf einer Forscherfahrt im Ocean
Fand ich ein Inselchen, so leer und öde,
Als hätte jüngst das Schwert des Tamerlan
Den letzten Keim gebrochen, hart und schnöde,
Die Pest gezogen ihre Beulenbahn,
Daß wenig Menschen blieben, blaß und blöde.
Doch funkelten auch hier die stolzen Sterne,
Und Well' und Wolken spielten in die Ferne.

Kein Pflug, ernährend, riß die Ackerkrume,
Kein Jäger sang, am Hut die Feder keck.
Spärlich wuchs Gras und Moos und Hundeblume,
Zwergobst verkroch in's Blatt sich, grün vor Schreck.
Ein Städtchen lag, verlassen im Wehtume,
Am ganz verschlammten Hafen im Versteck.
Doch leuchteten auch hier die stolzen Sterne:
Beamte gab es hoch und Subalterne.

Voran geht immer der Herr Bürgermeister,
Er litt am Stein, war grämlich, matt und mager.
Es folgt der Richter, ein weit hergereister
Und sehr gerechter Mann, auch etwas hager.
Der Arzt, des wack'ren Todes Hilfeleister,
War lange schon des Apothekers Schwager.
Der Herr Empfänger für direkte Steuern
Fuhr vierteljährlich ein in weite Scheuern.

Der Zöllner spielte täglich seinen Skat
Acht Stunden mit den beiden Herrn Pastoren.
Wie Dornenröschen schlief der Advokat,
Kein Kundenprinz hat je sich hinverloren.
Im Sitzungssaale gähnt der hohe Rath,
Die Boten schnarchen auf den Korridoren.
Es drückt der Gouverneur, die Leuenkatze,
Auf all' die Mäuschen seine schwere Tatze.

Doch nein, das that er nicht. Im Gegentheil,
Er war ein milder und humaner Herr.
Ihm folgten Männer ohne Schwert und Beil.
Umdrängten ihn mit Hin- und Hergezerr
Die guten Leute, riefen alle Heil!
Heil! auch die Kinder mitt' im Schulgeplärr.
Von Yvetot der König, Bumm und Tusch!
Parademarsch, es nickt der Federbusch.

Es hatte auch das Städtchen Garnison,
An jedem Mittwoch war Parolausgabe.
Dann zog die Wache auf vom Bataillon
Mit Tschingdada, Dienstmädchen, Schusterknabe.
»Die Herrn Offiziere!« rief mit Donnerton
Der Gouverneur, umringt von seinem Stabe.
Ihm waren kommandiert zwei Adjutanten,
Die beid' auf ihre Stiefel viel verwandten.

Warum er hier, das konnte Keiner sagen.
Er lebte nun seit vierzig Jahren schon,
Im Sommer heiß, im Winter hoch den Kragen,
Auf diesem allerliebsten kleinen Thron.
Die einen sprachen, daß in frühern Tagen
Ihn sehr gekannt Herr Levy Nathansohn.
Die andern meinten, daß vielleicht Madame ...
Wie heißt das alte Wort? ... Cherchez la femme!

In einer Sommernacht im alten Garten.
Des Königs stand ein junger Offizier.
Es schlug die Nachtigall, die Frösche quarrten,
Der Mond beschien am Schloß den Grenadier.
Auf Muschelwegen, harten, leise knarrten
Zwei Stiefelchen ... Pst ... Liebster ... bist du hier ...
Der Offizier zog selig in den Arm
Des Königs Töchterlein ... daß Gott erbarm!

Denn gräßlich, gräßlich endet der Roman:
Es schlich, huhu! im Garten ein Lakai,

8

Der Schlingel hatte, bei Sankt Kilian!
Entlassen eben selbst erst seine Fei.
Der sah das Paar. Anzeige. Wutorkan –
Und ach, wie schnell entschwand des Lebens Mai.
Der König schrie: »Fort in mein fernstes Land,
Vom Hofe bist auf ewig du verbannt!«

Als ihn nun fror im kalten Aechtungsschatten,
Packt ihn zuerst ein wütend Heimatweh.
Es kam der Fluchtversuch ihm schlecht zu statten,
Als er dem Eiland sagen wollt' Ade.
Seit jener Zeit durchkreuzten zwei Fregatten
Vor seinem Felsenschlosse stets die See.
Bis ihn begnadet spät ein Königswort,
Dann wollt' er nicht mehr von der Insel fort.

So traf ich ihn. Sein Bart war lang und weiß,
Sein Wuchs der eines wuchtigen Athleten.
Für Alles interessierte sich der Greis,
Besonders auch für unsere Poeten.
Ich sah ihn manch modernes Dichterreis,
Oft vielgelesen, arg zusammentreten.
Sehr artig sprach er von Elise Polko,
Es reimt darauf der Rittername Bolko.

Sein Haus führt eine Wittwe, jung und schlank,
Mit einem Stumpfnäschen wie der Kirgise,
Die braunen Augen schmachteten wie krank
Nach Liebe, Lieb' auf stiller Waldeswiese.
Hier, leider, gab es keine, und so sank
Im Zimmer ich zu Füßen meiner Lise,
Das Gastrecht schlecht vergeltend; doch »was kann
Für die Gefühle« wohl der Biedermann.

Des Alten Leben ging wie nach der Schnur.
Am Posttag unterschrieb er Amtsberichte,
Schlag elf Uhr kam der Adjutant du jour,
Punkt sieben aß er drei bis vier Gerichte,

Durchflog alltags die neuste Litteratur,
Und schrieb Sonntags von neun bis zehn Gedichte.
Ich fand, im Waschtisch, sie, zerstreute Zettel,
Und las beim Grogk, ich trink ihn gern, den Bettel:

An einen Freund

Noch seh' ich deine schwermutsvollen Augen,
Dein blaß Gesichtchen und den herben Zug,
Den deine Lippen auch als Mann behielten.
Wir hatten, Knaben, in die Waldesschatten
Uns scheu zurückgezogen von den Spielen,
Und sprachen wichtig über Welt und Menschen.
Ich fühle noch das Grau'n, als erste Zweifel
Uns kamen über Gott – Unsterblichkeit,
Uns unerklärlich Schauer überliefen,
Wenn wir der Liebe Sphinx zu deuten suchten.

So saßen oft wir, fernab von den Freunden.
Es floß der Waldbach plätschernd uns zu Füßen,
Der Buchfink trillerte, die Drossel pfiff,
Und stieß der Falke seinen kurzen Schrei
In all' die Stille, flogen wir zusammen.
Wie viele Jahre sind seitdem vorüber.
Du stehst im Leben aufrecht, und des Weges
Gehst wohlbewußt du, klar, und ohne Schwanken.
Doch denkst du noch zurück an jene Stunden,
Wenn Buchenkronen dir zu Häupten rauschen,
Und hoch am Himmel schrill der Falke schreit?

Sicilianen

Du hast wohl einen Wunsch, noch so bescheiden,
Das Leben will ihn nimmer dir gewähren.
Ein anderer hat's, doch wird er dich beneiden
Um das, was dein, im Fieber sich verzehren.
Was willst du dir dein schmales Glück beschneiden
Und Birnen brechen aus Getreideähren.
Ich wette, trügest du das Wams von Seiden,
Du wünschtest Dir den Zottelpelz des Bären.

Einer schönen Freundin in's Stammbuch

Den ganzen Tag nur auf der Ottomane,
Ylang-Ylang und lange Fingernägel.
Die Anzugfrage, Wochenblattromane,
Schlaf, Nichtsthun, Flachgespräch ist Tagesregel.
Ich glaube gar, für eine Seidenfahne
Verkaufst du deinen Mann und Kind und Kegel.
So schaukeltst du, verfault, im Lebenskahne,
Herzlosigkeit und Hochmut sind die Segel.

Schwalbensiciliane

Zwei Mutterarme, die das Kindchen wiegen,
Es jagt die Schwalbe weglang auf und nieder.
Maitage, trautes Aneinanderschmiegen,
Es jagt die Schwalbe weglang auf und nieder.
Des Mannes Kampf: Sieg oder Unterliegen,
Es jagt die Schwalbe weglang auf und nieder.
Ein Sarg, auf den drei Handvoll Erde fliegen,
Es jagt die Schwalbe weglang auf und nieder.

Im Bivouak

Das Feuer knistert und die Becher klirren,
Laß in die Arme sank der Nacht die Welt.
Gedanken, ohne Steg und Steuer, irren,
Bis in der Palmenbucht der Anker fällt.
Manch Wort und Witz, die hin und gegen schwirren,
Verweht der Wind, begräbt das stille Feld.
Ein letzter Trunk, und schon in Traumeswirren
Verliert sich ferner Postenruf in's Zelt.

»Die Anbetung der heiligen drei Könige«

Im Saale vor mir Veroneses Bild,
Als Nachbarin die schönste aller Frauen,
In Sicht ein gut zerstücktes Hummerschild,
Um mich Gelächter, Glasgeklirr und Kauen.
Die alte Gräfin, sonst so engelmild,
Wie will sie jenen Trüffelberg verdauen.
Indessen hallt Musik, verschallt und schwillt,
Und aus dem Garten schrillt der Schrei des Pfauen.

Marschall Niel

Die große gelbe Rose ruhte schwer
Auf schwarzem Marmorsarg in Marmorhallen.
Wess' Hand sie brach und wer sie trug anher,
Auch wer die Leiche war, ist mir entfallen.
Es schlief der Sarg, von Blatt und Blumen leer,
Im Dämmer, eine Sphinx, auf Löwenkrallen.
Der Abendwölkchen lichtgeflocktes Heer
Entstieg dem Meere, rot wie Blutkorallen.

Verrauscht die heiße Zeit der Jugendtage,
Verklungen Becherklang und wilde Geigen.

Dich lehrte zeitig Hiobs tiefe Klage:
Die Thoren schwatzen und die Klugen schweigen.
Du legst das Wort vorsichtig auf die Wage,
Und mußt der Welt die Heuchelmaske zeigen.
Dein Frühling doch – ach, eine Wundersage,
Dir singt kein Vogel mehr in grünen Zweigen.

Sphinx in Rosen

Aus weißem Stein geformt, im Junigarten,
Liegt eine Sphinx, die greulichste der Katzen.
Es küssen ihr die zierlichsten Standarten,
Die Rosen, windgeschaukelt, leicht die Tatzen.
Das Untier schweigt, die Lippen offenbarten
Wie schon zu Ramses Zeiten – leere Fratzen.
Und schweigt, und schweigt, und läßt auf Antwort warten –
Im stillen Garten schwatzen nur die Spatzen.

Flüchtiger Gruß
1. Frühling

Hoch oben fliegt ein Kranichheer nach Norden,
Von ihren Flügeln tropft die Morgensonne.
Tief unten liegt der Ursulinenorden,
Im Klostergarten träumt die alte Nonne.
Von oben braust es mächtig in Accorden
Nach unten tief in hoher Frühlingswonne.
Verflogen ... Oben ist es still geworden –
Die greise Nonne betet zur Madonne.

2. Herbst

Hoch oben fliegt ein Kranichheer von Norden,
Von ihren Flügeln tropft die Abendsonne.

Tief unten liegt der Ursulinenorden,
Im Klostergarten träumt die alte Nonne.
Aus Kirchthürweiten braust es in Accorden
Nach oben hoch in tiefer Friedenswonne.
Verklungen ... Unten ist es still geworden –
Die greise Nonne betet zur Madonne.

Gnadenort

Den Eichbaum traf der Blitz aus schwarzen Lüften,
Und schlug in tausend Splitter ihn, der wilde.
Fünfhundert Jahr zurück: In Waldesgrüften
Umschloß Marien er im grünen Schilde.
Die Dirne, lebensrot, mit derben Hüften,
Kniet schluchzend vor dem Muttergottesbilde,
Indess' der Junker lachend in den Klüften
Jagt Seit' der blassen Herrin, Frau Wulffhilde.

Großmutter wird nun täglich immer schlimmer,
Doch zögert noch der Allesüberwinder.
Dicht vor dem Spiegel stehn im Nebenzimmer
Mamachen und drei hübsche blonde Kinder,
Und proben emsig, wie der schwarze Flimmer
So reizend putzt als Kleid, als Hut nicht minder.
Großmutter stirbt – es konnte nimmer grimmer
Der Damen Trauer sein, das sieht ein Blinder.

Jagdstück

Der Edelhirsch hebt stolz die sechszehn Enden,
Und sichert, thaubedeckt, in Morgenfunken.
Diana schürzt sich, um den Pfeil zu senden,
Die Rüdenhunde läuten, todgiertrunken.
Durch Busch und Bruch, es neigt die Kraft der Lenden,
Am stillen Waldteich ist er hingesunken.

Halali, Zinkentusch und Jubelspenden,
Die Trauermesse halten Nix und Unken.

Wohin die Zeit, als meine Brust umbrandet
Von Wettern und von schweren Schicksalschlägen.
Im Sicherhafen bin ich längst gelandet,
Und wandle stumpf in ausgetretnen Wegen.
Fast wär's mein Wunsch, daß ich im Sturm gestrandet,
Ein Ufernichterreichender, erlegen.
Als daß ich hier, verrostet und versandet,
Ein altes Wrack, um das die Winde fegen.

Meiner Mutter

Wie oft sah ich die blassen Hände nähen,
Ein Stück für mich – wie liebevoll du sorgtest.
Ich sah zum Himmel deine Augen flehen,
Ein Wunsch für mich – wie liebevoll du sorgtest.
Und an mein Bett kamst du mit leisen Zehen,
Ein Schutz für mich – wie sorgenvoll du horchtest.
Schon längst dein Grab die Winde überwehen,
Ein Gruß für mich – wie liebevoll du sorgtest.

Little remembrance

Im Schneegestöber mag die Stadt ertrinken,
Was kümmert's mich, ich sitze warm und trocken.
Bemerklich kaum hör' ich die Thüre klinken,
Und hinter mir schleicht irgendwer auf Socken,
Um raschen Sprungs an meine Brust zu sinken!
Ich thue wild und grenzenlos erschrocken.
Sie lacht wie toll, die weißen Zähne blinken,
Auf ihren Backen schmelzen noch die Flocken.

Die Zähne aufeinander, weit die Augen,
Willst du das Ungeheuer »Leben« binden.
Es gilt! Nimm Waffen, die zum Kampfe taugen,
Ein schlaffes Volk, das gleich sich giebt den Winden.
Voran denn! Bade dich in scharfen Laugen,
Und nage, muß es sein, an harten Rinden.
Geduld! Am Ende wirst du Honig saugen,
Und wohnen unter selbstgepflanzten Linden.

Reinigung

Es singt ein Lied von Felix Mendelmaier
Der lange Lieutenant mit dem Ordensbändel.
Das alte Fräulein brütet Rätseleier,
Besorgt den Thee und duftet nach Lavendel.
»O Isis« baßt der Rath, der liebe Schreier.
Weh mir, wie langsam schwingt der Abendpendel.
Zu Ende. Gott sei Dank. Ich atme freier,
Und bade mich daheim in Bach und Händel.

Gestorben
Der Sterbende

– –
– – – – – Der Blasse wird noch blässer – – – –
Doch die Genossen sprechen, ihn beneidend:
Wohl ihm – nun wird er still – nun ist ihm besser.

Conrad von Frittwitz-Gaffron.

Nun ist ihm wohl. Er schaut das neue Land,
Und bleibt, »Das hätt' ich nicht erwartet«, stehn.
Der Eine stirbt verlassen und verbannt,
Bei Andern Pomp und Trauerfahnenwehn.
Die Nachbarweiber, menschlich, halten Stand
Der Stunden viel, die »schöne Leich'« zu sehn.

Und hinterdrein die Freunde, wehentbrannt,
Vermitteln einen Skat im Weitergehn.

Der alte General a.D.

Nun muß ich oft in's Thal hinunterlauschen
Vom kahlen Berge der Verlassenheit.
Es dringt zu mir herauf ein Singen, Rauschen,
Musik und Trommeln bringen nun mir Leid.
Die Rosse wiehern und die Fahnen bauschen,
Kanonendonner, matt und nebelweit.
O, jene Zeiten, könnte ich sie tauschen,
Das alte Herz, die alte Fröhlichkeit.

Wenn Unglück dich und Schuld, zwei schwarze Rosse,
An ihren Mähnen durch das Leben schleifen,
Durch Berg und Thal, im Schmutz der Gassengosse,
Du löst dich nimmermehr aus ihren Schweifen.
Sie reißen dich, o ausgelass'ne Posse,
Voraus nur deines Blutes Purpurstreifen,
Und hinterdrein noch schwirren die Geschosse
Der lieben Menschen: Lachen, Spott und Keifen.

An eine alte Excellenz

Dir schenkte Hebe einst in tiefe Schalen,
Du trankst und hast die Reste nicht vergossen,
Du sahst die Schlacht, den Feind auf Fluchtsandalen,
Des Mannes Hochkraft strotzt auf Siegesrossen.
Der Tagespflicht die Seele, dem Realen,
Hat frisch des Lebens Welle dich umflossen.
Nun, Alter, stehst du weiß auf Bergeskahlen,
Und schaust in's Thal, verdrießlich und verdrossen.

Kleine Ballade

Hoch weht mein Busch, hell klirrt mein Schild
Im Wolkenbruch der Feindesklingen.
Die malen kein Madonnenbild
Und tönen nicht wie Harfensingen.

Und in den Staub der letzte Schelm,
Der mich vom Sattel wollte stechen!
Ich schlug ihm Feuer in den Helm,
Und sah ihn todt zusammenbrechen.

Ihr wolltet stören meinen Herd?
Ich zeigte euch die Mannessehne.
Und lachend trockne ich mein Schwert
An meines Rosses schwarzer Mähne.

Tod in Aehren

Im Weizenfeld, in Korn und Mohn,
Liegt ein Soldat unaufgefunden,
Zwei Tage schon, zwei Nächte schon,
Mit schweren Wunden, unverbunden.

Durstüberquält und fieberwild,
Im Todeskampf den Kopf erhoben.
Ein letzter Traum, ein letztes Bild,
Sein brechend' Auge schlägt nach oben:

Die Sense rauscht im Aehrenfeld,
Er sieht sein Dorf im Arbeitsfrieden.
Ade, Ade du Heimatwelt –
Und beugt das Haupt, und ist verschieden.

In memoriam

Wilde Rosen überschlugen
Tiefer Wunden rotes Blut.
Windverwehte Klänge trugen
Siegesmarsch und Siegesflut.

Nacht. Entsetzen überspülte
Dorf und Dach in Lärm und Glut.
»Wasser ...« und die Hand zerwühlte
Gras und Staub in Dursteswut.

Morgen. Gräbergraber. Grüfte.
Manch ein letzter Atemzug.
Weither witternd durch die Lüfte
Braust und graust ein Geierflug.

Blümekens

Kleine Blüten, anspruchslose Blumen,
Waldrandschmuck und Wiesendurcheinander,
Rote, weiße, gelbe, blaue Blumen
Nahm ich im Vorbeigehn mit nach Hause.
Kamen alte, liebe Zeiten wieder:
Auf den Feldern wehten grüne Hälmchen,
Süß im Erlenbusche sang der Stieglitz,
Eine ganze Welt von Unschuld sang er
Mir und dir.

Nun, seit Jahren, ordnen deine Hände
Perlenschnur und Rosen in den Haaren.
Wie viel schöner, junge Frau doch schmückten
Kleine Blumen dich, die einst wir pflückten,
Ich und du.

Auf dem Hünengrabe

(Nach der Jagd.)

Kalter Ente, kalten Eiern
Rotspohn hinterhergeschickt.
Feld und Welt in grauen Schleiern,
Müde bin ich eingenickt.

Auf dem Grabe, tief erschrocken,
Starrt mich an die Enaksschar,
Und vorsichtig neigt die Locken
Auf mich König Ringelhaar.

Goldammer

Kleiner Vogel, gelb und braun
Mustert Dein Gefieder.
Immer klingt aus jedem Zaun
Mir Dein Liedchen nieder:
Nimmer nimmer nimmer nimmer mehr.

Kleiner Vogel, Glück und Traum
Flog wie Deine Flügel.
Bringt ein wenig Glück und Traum
Noch im Flug Dein Flügel?
»Nimmer nimmer nimmer nimmer mehr.«

Das Haupt des heiligen Johannes in der Schüssel

Dei gratia Domina,
Wiebke Pogwisch, Abbatissa,
Thront auf ihrem Fürstenstuhle
Vor dem adligen Convent.

Heilwig Qualen, Mette Tynen,
Abel Rantzow, Geesche Ahlfeldt,
Trienke Bockwoldt, Drud' Rugmooren,
Benedikte Reventlow.

Diese Klosterfräulein lauschen
Sehr andächtig der Aebtissin,
Der Aebtissin Wiebke Pogwisch,
Dei gratia Dominae.

Vor den Schwestern auf der Schüssel,
Und die Schüssel war von Golde,
Liegt das Haupt Johann des Täufers,
Schauderhaft aus Holz geschnitzt.

Eine Stiftung Isern Hinnerks,
Sohn von Geert, dem Großen Grafen.
Als er fromm geworden, ewigt
Isern Hinnerk diesen Kopf.

Doch er machte die Bedingung,
Jedes Fräulein, das zur Nonne
Werden wollte, werden mußte,
Sollte küssen diesen Kopf.

Außerdem noch, wenn die Nonnen
Diesen Kopf behalten wollten,
Gab er sieben große Dörfer
An den adligen Convent.

Anfangs sträubten sich die Schwestern,
Gar zu scheuslich war das Schnitzwerk,
Doch die Schüssel ist von Golde,
Und die Dörfer bringen Zins. –

Vor der Schüssel, vor den Frauen,
Auf den Marmorfliesen knieend,
Betet unter heißen Schauern,
Betet Anna von der Wisch.

Ihre jungen blauen Augen
Streifen jenes Haupt mit Grauen,
Und sie kann sie nimmer küssen
Diese blutbemalte Stirn.

Immer lebt in ihr der Abend,
Als im Wald die Vögel sangen,
Als die holden blauen Augen
Küßte Detlev Gadendorp.

Wiebke Pogwisch, die Aebtissin,
Spricht zuerst mit milden Worten,
Redet dann in strengen, harten,
Hält ihr vor das Krucifix.

Und mit todtenblassem Antlitz,
Zögernd, langsam geht das Mädchen,
Neigt den kleinen Mund zum Kusse –
Schallend klingt im Hof ein Huf.

Sporen klirren, Thüren fallen,
Und die Treppen stürmt ein Ritter,
Vor den Schwestern beugt die Kniee
Lächelnd Detlev Gadendorp.

Hat das Mädchen rasch im Arme,
Und zwei Aermchen schlagen hastig

Sich um seinen starken Nacken,
Frei, im Sattel ruht sie schon.

Steinerstarrt in ihren Sesseln
Sitzen stumm die Klosterfräulein.
Steinerstarrt auch die Aebtissin,
Dei gratia Domina.

Doch wie stets es noch gewesen,
Neugier macht ein Weib lebendig,
Um das Bogenfenster drängen
All' die lieben Nönnelein.

Schauen in die Frühlingsfelder,
Hören wie die Lerchen singen.
Fern am Waldesrand ein Hufblitz
Sendet letzten Gruß zurück.

König Regnar Lodbrog

(d.h. mit den gepichten Hosen.)

Das war der König Regnar,
Der lebte fromm und frei.
Er trug gepichte Hosen
Wie seine Leichtmatrosen,
Die rochen nicht wie Rosen,
Das war ihm einerlei.

Er liebte schneidig Schön Thora,
Die wohnte fern im Turm.
Auf seinen Staatsgallionen
Mit seinen Reichsbaronen
Fuhr er hinaus nach Schonen,
Da lag um den Turm ein Wurm.

Der sah den König nahen
Durch Flut und Schaumgefurch.
Die Hose, die gepichte,
Die macht sein Gift zu nichte,
Der Wurm sprach: Ich verzichte.
Es starb vor Schreck der Lurch.

Er freite schnell und befreite
Schön Thora von Angst und Weh.
Dann zog er nach Constantinopel,
Von da nach Philippopel,
Ja selbst bis Sewastopel,
Und gar bis Ninive.

Regnar, der edle Räuber,
Er raubte, was sich fand.
Es qualmten alle Städte
Wo nur sein Wimpel wehte,
Kein Hahn und Huhn mehr krähte
Trat wo sein Fuß ans Land.

Bald spielten um ihn drei Söhne,
Genannt Ebb', Ubbe, Obb'.
Die liebt' er mit der Seelen
Als seine Kronjuwelen,
Doch wollten sie krakeelen,
Dann ward er sacksiedegrob.

Einst segelt er nach England,
Die Söhne blieben zurück.
Sein Schiff: Die dicke Schlange,
Die machte nimmer bange
Den König Fortignange.
Regnar, wo blieb dein Glück?

O König Regnar, Vieledler,
Es ging dir diesmal schief.
Du wurdest bald gefangen,
Und eh' sie dich aufgehangen,
Gezwickt mit glühenden Zangen,
Die packten spitz und tief.

Der König am Marterpfahle
Schrie laut in Schmerz und Haß:
Der Keiler in der Falle,
Wüßtens die Ferkel alle,
Sie brächen aus dem Stalle –
Herr Fortignang ward blaß.

Die Ferkel kamen geschwommen,
Sie hörten des Keilers Geschrei.
Sie kamen mit Windeseile
Und schlugen mit Axt und Beile
In tausend kleine Teile
Herrn Fortignang entzwei.

Die Kapelle zum finstern Stern

(Missunde bei Schleswig, 7. August 1250.)

»König Erich, die Faust auf den Widerrist,
Laß tanzen den Hengst im Grase.
Vergiß den alten Bruderzwist,
Wir trinken aus einem Glase.«

Herzog Abel schrieb das. König Erich ritt ein,
Und lag im Bruderarme.
Viel Jauchzen der Ritter im Abendschein,
Lauge Gudmundson schwieg im Schwarme.

Am Morgen früh weckt Hornstoß und Tusch,
Zu hetzen Wolf und Elche.
Die Brüder zusammen im Heidebusch,
Sie trinken aus einem Kelche.

Der Herzog allein. Zur Seiten nur
Ritter Lauge mit Speer und Pfeilen.
»Sprich, Lauge, wo blieb Wieb Stures Spur,
Wem hilft sie die Freuden teilen?«

Der König allein. Zur Seiten nur
Ritter Lauge mit Speer und Pfeilen.
»König Erich, wo blieb Wieb Stures Spur,
Wem hilft sie das Leben teilen?«

Erich Plogpenning zischt. Den Stachel sticht
Dem Rothengst er in die Weichen.
»Bei Sanct Jürgen, ich weiß es nicht,«
Und sucht die Jagd zu erreichen.

Am Abend Humpenaus, Zinken und Tanz,
Beim Brettspiel König und Knappen.
Der Mond flicht draußen den alten Kranz
Um Lauben und steinerne Wappen.

Der Herzog allein. Zur Seiten nur
Ritter Laug' im Wams von Seiden.
»Sprich, Lauge, wo blieb Wieb Stures Spur,
Wen küßt sie von euch beiden?«

»Vom Trinken ist dir die Stirne heiß,
König Erich, die Luft ist trocken.
Mein Segel wiegt unten, scharlach und weiß,
Steig' ein, und kühle die Locken.«

Schloßknechte spannen den Baldachin,
Vom Söller winkt der Bruder.
Der König schläft auf dem Hermelin,
Und leise tauchen die Ruder.

Verworren Getön vom Prunkgelag,
Der Wachen und Stundenrufer.
Da schießt mit gleichem Einfallschlag
Ein ander Boot vom Ufer.

»Halt, halt, König Erich!" ... Fackeln im Wind
Flackern um schwarze Figuren.
»Wo blieb Wieb Sture, gieb Antwort, geschwind,
Gieb Antwort, wo blieb Wieb Sturen?«

»Bei Sanct Jürgen, ich riß sie dir Hund vom Leib,«
Schreit der König, die Lippen beben.
»Bei Sanct Jürgen, sie war mir Zeitvertreib
Zwei Wochen von meinem Leben.«

Der Ritter ringt ihm den Dolch vom Gehenk,
Und treibt ihn dem König ins Herze.
Das rote Blut tropft ins wüste Gemeng,
Stumm leuchtet oben die Kerze.

Wo Lauge durchstach den erlauchten Herrn,
Am Ufer steht die Kapelle,

Da steht die Kapelle zum finstern Stern,
Unheimlich klatscht dort die Welle.

Herzog Abel schwor beim Himmel weit
Und der reinen Magd im Dome,
Und ließ dem Mörder wenig Zeit,
Den zupf der Fisch im Strome.

Herzog Abel schob nichts auf die lange Bank,
In Roeskilde ließ er sich krönen.
In die Königsburg ritt er frech und frank,
Drommeten und Trummen dröhnen.

König Abels Tod

(In den Marschen am 29. Juni 1252.)

Der König schläft im purpurnen Zelt,
Der Posten klirrt auf und nieder.
Blauampellicht gefangen hält
Des Königs schwere Lider.

Vor den Deichen ebben die Wasser dumpf,
Die Wachtfeuer qualmen und knistern,
Durch die Nacht wiehert ein Pferd. Die Frösch' im Sumpf,
Sie stimmen in tausend Registern.

Auf heimlichen Wegen, mit Axt und Beil,
Mit Keulen und Morgensternen,
Es kommen die freien Friesen in Eil,
Sie kommen aus Näh' und Fernen.

Das Bild des heiligen Christian,
Es rumpelt auf dem Wagen.
Bitt' für uns betet der Kapellan,
Wir wollen mit Gold dich beschlagen.

Mit Gold schon beschlägt ihn der gelbe Mond
Und leuchtet auf Freund' und Feinde.
Wenn morgen er wieder am Himmel thront,
Er sieht eine stille Gemeinde.

Der König träumt im Pupurzelt,
Der Posten klirrt auf und nieder.
Der blauen Ampel Dämmer fällt
Auf des Königs zuckende Lider.

König Erich steht vor ihm, naß aus der Flut,
Und streckt den Arm nach oben.
»Hinweg, hinweg, bei Christi Blut,
Zehn Klöster will ich geloben.«

Steilauf der König: »Gratias.
Wulff Bokwoldt! Helm und Schienen,
Mein Schuppenhemd, und rufe rasch
Uk Rugmoor und Caj Thienen.«

Wulff Bokwoldt, der Page, wie der Hund
Schlief treu zu des Königs Füßen.
Im Traume lächelt sein junger Mund,
Schön Heilwig sieht er grüßen.

Im Walde, voll des süßen Schalls,
Er und Schön Heilwig gingen.
Sie knotet lustig um seinen Hals
Ihr Langhaar in Maschen und Schlingen.

Zwei Ritter, mit schwarzem Panzer bewehrt,
Stehn vor des Königs Bette.
Der Page gürtet dem König das Schwert
Und reicht ihm Schild und Kette.

Im Lager lärmt es. Des Himmels Zier
Sind gierige Geierflüge.
»Die Hengste vor. Der Friesenstier
Muß heut noch in die Pflüge.«

Der König ruft es, die Sonne glitzt,
Gekrach und Lanzensplitter.
Des Königs goldene Rüstung blitzt,
Seit' jagen die schwarzen Ritter.

Dicht drängt Wulff Bokwoldt den Schecken heran,
Wild flattern Schweif und Mähnen.
Heut wird er ein Ritter, heut wird er ein Mann,
Er beißt mit Eisenzähnen.

Die Friesen kämpfen für Herd und Weib,
König Abel ist verloren.

Die schwarzen Ritter strecken den Leib,
Caj Thienen und Uk Rugmooren.

Der König allein, er irrt auf dem Deich,
Hoch spritzt die Flut an den Wällen.
Ringsum der Feind. Keinen Sünder bleich,
Einen König sollen sie fällen.

In die Friesen trug er sein Schwert Hilfnot,
Das hat ihn heute betrogen.
Wessel Hummer aus Pellworm schlug ihn tot
Und schleudert ihn in die Wogen.

Der Page, wo blieb der Page klein,
Sie warfen ihn nackt in den Graben.
Um seine weißen Glieder fein
Zanken und raufen die Raben.

Wer weiß wo

(Schlacht bei Kolin, 18 Juni 1757.)

Auf Blut und Leichen, Schutt und Qualm,
Auf roßzerstampften Sommerhalm
Die Sonne schien.
Es sank die Nacht. Die Schlacht ist aus,
Und mancher kehrte nicht nach Haus
Einst von Kolin.

Ein Junker auch, ein Knabe noch,
Der heut das erste Pulver roch,
Er mußt' dahin.
Wie hoch er auch die Fahne schwang,
Der Tod in seinen Arm ihn zwang,
Er mußt' dahin.

Ihm nahe lag ein frommes Buch,
Das stets der Junker bei sich trug,
Am Degenknauf.
Ein Grenadier von Bevern fand
Den kleinen erdbeschmutzten Band
Und hob ihn auf.

Und brachte heim mit schnellem Fuß
Dem Vater diesen letzten Gruß,
Der klang nicht froh.
Es schrieb hinein die Zitterhand:
»Kolin. Mein Sohn verscharrt im Sand,
Wer weiß wo.«

Und der gesungen dieses Lied,
Und der es liest, im Leben zieht
Noch frisch und froh.
Doch einst bin ich, und bist auch du,
Verscharrt im Sand, in ewiger Ruh,
Wer weiß wo.

Inschrift

Nach raschem Ritt im Regen waren wir
Auf einem Gottesacker angekommen
Und abgesessen. Ungesehen, konnten
Nach allen Seiten frei wir uns bewegen
Und vorpreschen, die Feldwachen zu trösten.
Nur wenig Kreuze. Rasch band das Piquet
Die Halfter an die winzigen Todeszeichen.
Ich selber lehnte bald den müden Kopf
Auf eines Grabes Hügel und schlief ein ....
Hell wieherte im Nebeldunst mein Wallach
Und sprengte jäh die weichen Sclavenketten,
Die unbewußt und traumlos mich umwanden.
Noch schlafend lagen um mich die Dragoner,
Bedeckt mit Reif die Mäntel und die Bärte,
Die Pferde standen mit gesenkten Mähnen.
Nur ab und an ein Schnaufen und ein Scharren,
Ein Knistern an den Sätteln, und ein Klirren
Der Kettchen, wenn sie aneinander klangen.
Den Carabiner in den Fäusten haltend,
Schritt schweren Tritts der Posten auf und nieder. –
Tief eine Stille war es; leises Rauschen
Zog morgenschauernd durch die Trauerkränze ...
Ich hob den Kopf und drehte mich, um Namen
Und Inschrift an dem kleinen Kreuz zu lesen,
Das mir zu Häupten stand, und las im Zwielicht,
Das Auge hart an die vergoldeten,
Vom Wetter schwarz gefärbten Lettern drängend:
»Gestritten viel – gelitten mehr – gestorben«.
Frührote Lichter schwammen um die Worte,
Die bleischwer sich in meine Seele senkten.
Zum Denken doch ward mir nicht Zeit gelassen,
Denn: »An die Pferde« hieß es ... »Auf – – gesessen!«
Wir trabten, sonnbegrüßt, ins Thal hinunter,
Um, Freund und Feind, aus dunkelroten Rosen
Auf grünem Rasen einen Strauß zu flechten.

Erinnerung

Die großen Feuer warfen ihren Schein
Helllodernd in ein lustig Biwaktreiben.
Wir Offiziere saßen um den Holzstoß
Und tranken Glühwein, sternenüberscheitelt.
So manches Wort, das in der Sommernacht
Im Flüstern oder laut gesprochen wird,
Verweht der Wind, begräbt das stille Feld.
Die Musketiere sangen: »Stra – a – sburg,
O Stra – a – sburg« ... Da fühlt' ich eine Hand,
Die leise sich auf meine Schultern legte.
Ich wandte rasch den Kopf, und sah den Lehrer,
Bei dem ich, freundlich aufgenommen, gestern
Quartier gehabt; der nun, verabredet,
Mit seinem Töchterchen gekommen war.
Ein Mädel, jung gleich einer Apfelblüte,
Die niemals noch der Morgenwind geschaukelt.
Der Alte mußte neben uns sich setzen,
Und während ihm das Glas die Freunde füllten,
Führt' ich, von Allem ihr Erklärung gebend,
Das Mädchen langsam durch die Lagerreihen.
Sie sprach kein Wort, doch lautlos sprach ihr Mund,
Ihr Lächeln und ihr staunend großes Auge.
Wie schön sie war, wenn sie beim Feuer stand,
Und rote Funken knisternd uns umtanzten.
Es hob sich die Gestalt vom dunklen Himmel
Scharf ausgeschnitten aus dem schwarzen Rahmen.
Und einmal, als Soldaten, die verkleidet
Als Storch und Bär, uns ihre Künste zeigten,
Da lehnte flüchtig sie, beinah erschrocken,
An meine Brust ihr frommes Kinderantlitz.
Wir traten zögernd dann den Rückweg an,
– Es stahl der Mond sich eben in die Bäume,
Und in der Ferne, bei den Doppelposten,
Fiel, dumpf verhallend durch den Wald, ein Schuß. –
Wir gingen Hand in Hand,
Und so, halb stehen, halb im Weiterschreiten,

Bog ich mein Haupt hinunter zu dem ihren.
Ich fühlte wie die jungen Lippen mir
Entgegenkamen, und noch heute seh' ich
Ihr dunkles Auge in die Sterne leuchten ...
Als längst der Alte mit ihr fortgegangen,
Saß ich im Kreise meiner Kameraden
Und dachte sehnsuchtschmerzlich an das Mädchen,
Bis mir zuletzt die schweren Lider sanken.
Mein treuer Bursche trug mich in mein Zelt
Und deckte sorgsam mir den Mantel über.
Seitdem bin ich durch manches Land gezogen,
Doch unvergessen bleibt mir jene Nacht.

Auf dem Kirchhofe

Der Tag ging regenschwer und sturmbewegt,
Ich war an manch vergessenem Grab gewesen.
Verwittert Stein und Kreuz, die Kränze alt,
Die Namen überwachsen, kaum zu lesen.

Der Tag ging sturmbewegt und regenschwer,
Auf allen Gräbern fror das Wort: Gewesen.
Wie sturmestot die Särge schlummerten –
Auf allen Gräbern taute still: Genesen.

Herzog Knut der Erlauchte

(Ermordet 1131.)

König Niels, der Alte, weißbärtig und kahl,
Hat die Brauen zusammengezogen.
Aus schwarzem Himmel schießen fahl
Blitzlichter um Säulen und Bogen.

Niels Sohn, König Magnus von Westgothland,
Grübelt neben ihm in der Halle.
Der Löwe Sturm kam hergerannt
Und brüllt vor Turm und Walle.

Ein Blümchen fällt aus dem Blitzestrauß
In den Kronast der alten Esche,
Der Regen gießt in Tonnen aus
Und hält gewaltige Wäsche.

König Niels schlug mit der Faust auf den Tisch,
Im Marmor blieb die Spur:
»Wann endlich zappelt Knut, der Fisch,
An deiner Angelschnur.

König Magnus, ich sehe Walhalla geschmückt,
Es rauschen die Rabenflügel.
Wenn ich gestorben, dann stehst du gebückt
An Knuts, deines Lehnsherrn, Bügel.

Nicht länger hälst du sein Recht in Bann,
Er ist dann König der Dänen,
Und schaut dich kaum vom Sattel an,
Du kämmst seines Hengstes Mähnen.«

König Magnus schoß einen Blick so wild,
Einen Blick voll Haß und Tücke.
Von den Wänden stürzen Helm und Schild
Und stürzen in tausend Stücke.

In Schleswig hält seinen Hof Herzog Knut,
Ein Schrecken der Heiden und Slaven.
Sein Gelbhaar quillt aus dem Eisenhut,
Sich selbst befreiende Sclaven.

Den Frieden gab er, daß Jeder schlief
Den Engeln gleich über den Wolken.
Der Ärmste selbst hatte Siegel und Brief,
Und hat seine Kuh gemolken.

Zart lag in seinem Arm stahlhart
Sein treues Weib Judithe.
Und jubelnd patscht nach dem langen Bart
Sein Töchterchen Syrithe.

Im Winter elf Hundert dreißig und ein,
Am Tage von Sanct Brigitten,
Ein Ritter sprengt ins Thor herein,
Den Herzog nach Roeskild' zu bitten.

König Magnus schrieb: Es treibt mich fort,
Zu beten am heiligen Grabe.
Herzog Knut gieb mir dein Fürstenwort,
Zu schützen mein Gut und Habe. –

Der Herzog nahm Abschied. Sein Auge blau
Sah träumend in die Weite.
Jens Wohnsfleth und Iven Reventlow
Gaben ihm das Geleite.

Und als er kam in Roeskilde Ort,
Viel Küssen war es und Herzen.
Die Bäume raunen von Frevel und Mord,
Und flüstern von großen Schmerzen.

Acht Tage war Jagd und Trinken und Tanz,
Turnier und Lanzenstechen.

Und als genug der Firlefanz,
Den Herzog wünscht Magnus zu sprechen:

»Die Weiber horchen an Vorhang und Spalt,
Und lästig ist hier die Helle.
Laß gehen uns in den dunklen Wald,
Ein Bote führt dich zur Stelle.«

Wie war der Wald so weiß und still,
Der Schnee lag stumm auf den Zweigen.
Fern von der Weltesche Yggdrasil
Zog her ein traurig Schweigen.

Tuk Ebbson, der Bote, sang vor sich hin,
Als in den Wald sie traten.
Und leise sang er vor sich hin,
Wie Kriemhild die Brüder verraten.

Der Herzog hört nicht. Mit fröhlichem Sinn
Verfolgt er den Flug einer Meise.
Tuk Ebbson, der Bote, singt vor sich hin,
Von Günthers Heunenreise.

König Magnus sitzt auf dem Eichenstumpf,
Allein, ohn' Paladine.
Unterm Bärenpelz und Wolffellstrumpf
Klirrt heimlich Panzer und Schiene.

Auf springt er, als er den Herzog erschaut,
Und eilt ihm freudig entgegen.
Er küßt ihn auf die Lippen traut,
Und grüßt den treuen Degen.

Dann tritt er zurück und klatscht in die Hand,
Die Mörder sind gerufen.
Und an der Waldblöße lichten Rand
Traben plötzlich zweihundert Hufen.

»Nun soll es sich zeigen, beim heiligen Christ,
Wer König wird von uns beiden.«
Dem Herzog ließ er keine Frist,
Dem blieb das Schwert in der Scheiden.

Und schlug ihn tot. Der Herzog fiel
Und konnte sich nimmer besinnen.
Der König trocknet Axt und Stiel,
Und reitet dann pfeifend von hinnen.

Wie war der Wald so weiß und still,
Der Schnee lag stumm auf den Zweigen.
Fern von der Weltesche Yggdrasil
Zog her ein traurig Schweigen.

Knuts Brüder ließen die Hunde los,
Und griffen nach Speer und Köcher.
Der Bürgerkrieg fiel übergroß
Auf Schloß und armseligste Löcher.

Bei Fodwig traf König Magnus der Pfeil
Und blieb zitternd im Halse stecken.
König Niels hieb sich Bahn mit Schwert und Beil
Und floh über weite Strecken.

Als in Schleswig am Ende die wilde Fahrt,
Im Sumpf lagen Kron' und Kleinode,
Sie spieen ihm auf den weißen Bart,
Und stampften ihn zu Tode.

Die Schlacht bei Bornhöved

(Am Marien Magdalenentage 1227.)

Der König, der in Banden war
Des Grafen von Schwerin.
Das war der König Waldemar,
Verstäubter Hermelin.
Er sah vom Gitterfenster aus
Nur Schwalbenflug und Fledermaus,
Und sah die Wolken ziehn.

Bis er versprach, das ganze Land,
Wo deutscher Stamm und Kern,
Zurückzugeben in die Hand
Der anerkannten Herrn.
Doch als er los in Lenz und Flur,
Vergißt er bald den Friedenschwur,
Und glaubt an seinen Stern.

Auf Märschen lang und Märschen heiß
Des Königs Helmbusch vorn,
Der nickt und winkt scharlach und weiß
Und grüßt den Güldensporn.
Bis mitt' im Holstenland er hält,
Den Pflock einschlägt für Zaum und Zelt
Im sichelreifen Korn.

Genüber schnitzt sein Widerpart
Den Pfeil sich und den Bolz,
Von Bremen Bischof Gerihardt,
Graf Adolf, Holstenstolz.
Und Lübeck Bürgermeister fuhr
Dem Dänen an die Gurgelschnur,
Daß dem die Seele schmolz.

Maria Magdalenentag,
Mittsommersonnenschein,

Gelärm auf Schild und Eisendach,
Die Lanzen rasseln drein.
Doch allzuscharf die Sonne sticht
Dem Holstenvolk ins Treugesicht,
Die Reihen werden klein.

Wie Blatt und Zweig im Bachgespül,
So treibt manch blond Gesell.
Graf Adolf nur im Kampfgewühl,
Er treibt nicht von der Stell'.
Und bald aus Bach wird Strom und Schaum,
Nimmt Blumen mit und Ast und Baum,
Wie treibt die Woge schnell!

»Maria Magdalena, hilf,
Dämm' ab die Dänenflut,
Du hebst zerknicktes Rohr und Schilf,
Gieb uns den alten Mut,
Am Himmel zeig' dein Siegpanier,
Auf immer will ich dienen dir
In Hulden treu und gut.«

Der Graf packt fest in Zeug und Riem,
Sieg oder untergehn.
Da sieh! am Himmel zeigt sich ihm
Maria Magdalen,
Und breitet ihren Mantel aus,
Die Sonne zieht ins Wolkenhaus,
Und kühle Winde wehn.

Hei! flog der Graf ins Schlachtgedräng,
Die Axt durchbricht den Wald,
Um seinen Harnisch im Gemeng
Die Holstentatze krallt.
Und kratzt dem Dänen Bart und Bein,
Und hackt sich ihm ins Fleisch hinein,
Bis blaß er wird und kalt.

Herr Waldemar, der Dänen Schild,
Wie heißes Eisen glüht.
In seinen Augen roth und wild
Die Zornesblume blüht.
»Du Hundegraf, du Hurensohn,
Ich mähe dich wie Wiesenmohn,
Des Königs Lippe sprüht.

Hin, hin auf weisem Friesenhengst,
Schwert klirrt und Panzerkleid,
»Du Frosch, daß in den Schlamm du sänkst,«
Der König schreit es weit.
Der Graf sich wie der Löwe hebt,
Sein Helmbusch wie die Möwe schwebt
Auf Wassern, stoßbereit.

Ein Pantherthier vom Pfeil geritzt,
Der König wütend schlägt.
Herr Adolf ihm im Nacken sitzt,
Den Widerschlag verlegt,
Und stößt den König auf die Knie',
Der betet: »Jesus und Marie!« –
Vom Roß der Graf, bewegt.

Und hebt ihn auf den Sattel sacht,
Gewonnen ist das Spiel,
Und trägt ihn durch die Sternennacht
Bis auf sein Schloß zu Kiel.
Er löst ihm Kettenhemd und Schien',
Und stellt ihm Rosen und Jasmin
Um seine Wunden viel.

Dann denkt er an Maria rein
Und an sein heißes Flehn.
Er ministrirt am Altarschrein,
Und barfuß muß er gehn.
Als Bettelmönch mit Spottgewinn,

So dankt er seiner Helferin
Marien Magdalen.

Heidebilder

Tiefeinsamkeit spannt weit die schönen Flügel,
Weit über stille Felder aus.
Wie ferne Küsten grenzen graue Hügel,
Sie schützen vor dem Menschengraus.

Im Frühling rauscht in mitternächtiger Stunde
Die Wildgans hoch in raschem Flug.
Das alte Gaukelspiel: in weiter Runde
Hör' ich Gesang im Wolkenzug.

Verschlafen sinkt der Mond in schwarze Gründe,
Beglänzt noch einmal Schilf und Rohr.
Gelangweilt ob so mancher holden Sünde,
Verläßt er Garten, Wald und Moor.

Die Mittagsonne brütet auf der Heide,
Im Süden droht ein schwarzer Ring.
Verdurstet hängt das magere Getreide,
Behaglich treibt der Schmetterling.

Ermattet ruhn der Hirt und seine Schafe,
Die Ente träumt im Binsenkraut,
Die Ringelnatter sonnt in trägem Schlafe
Unregbar ihre Tigerhaut.

Im Zickzack zuckt ein Blitz, und Wasserfluten
Entstürzen gierig feuchtem Zelt.
Es jauchzt der Sturm und peitscht mit seinen Ruten
Erlösend meine Heidewelt.

In Herbstestagen bricht mit starkem Flügel
Der Reiher durch den Nebelduft.
Wie still es ist, kaum hör' ich um den Hügel
Noch einen Laut in weiter Luft.

Auf eines Birkenstämmchens schwanker Krone
Ruht sich ein Wanderfalke aus.
Doch schläft er nicht, von seinem leichten Throne
Aeugt er durchdringend scharf hinaus.

Der alte Bauer mit verhaltnem Schritte
Schleicht neben seinem Wagen Torf.
Und holpernd, stolpernd schleppt mit lahmem Tritte
Der alte Schimmel ihn in's Dorf.

Die Sonne leiht dem Schnee das Prachtgeschmeide,
Doch ach! wie kurz ist Schein und Licht.
Ein Nebel tropft, und traurig zieht im Leide
Die Landschaft ihren Schleier dicht.

Ein Häslein nur fühlt noch des Lebens Wärme,
Am Weidenstumpfe hockt es bang.
Doch kreischen hungrig schon die Rabenschwärme
Und hacken auf den sichern Fang.

Bis auf den schwarzen Schlammgrund sind gefroren
Die Wasserlöcher und der See.
Zuweilen geht ein Wimmern, wie verloren,
Dann stirbt im toten Wald ein Reh.

Tiefeinsamkeit, es schlingt um deine Pforte
Die Erika das rote Band.
Von Menschen leer, was braucht es noch der Worte,
Sei mir gegrüßt du stilles Land.

Du hast mich aber lange warten lassen

Es lauscht der Wald.
Komm bald, komm bald,
Eh' noch verschallt im Lärm des neuen Tages
Der Quelle Murmeln, und verhallt.

Geschwind, geschwind,
Mein süßes Kind,
Eh' noch im Wind die Schauer tiefer Stille
Verzogen und verflogen sind.

Durch Wipfel bricht
Das Morgenlicht.
O, länger nicht, mein holdes kleines Mädchen,
Laß nun mich warten, länger nicht.

Die Sonne siegt,
Allendlich schmiegt
Und lachend wiegt sie sich in meinen Armen.
Zum Himmel auf die Lerche fliegt.

Liebeslied

Dem Fremden gilt dein Evoe,
Du möchtest ihn tausendmal segnen.
Deine Augen sind ein gefrorner See,
Wenn sie den meinen begegnen.

Der fremde Mann ist kein Don Juan.
Er liebt dich zu sentimentalisch,
Und weil er dich nicht heirathen kann,
So denkt er viel zu moralisch.

Mein schönes Kind, du thust mir leid,
Doch das soll anders werden.
Ich liebe dich, und es kommt eine Zeit,
Dann vergessen wir Himmel und Erden.

Glaubst du, daß ich wie ein junger Fant
Stumm will und kläglich verzichten?
Ich bin deiner Hoheit kein Trabant,
Mit nichten, Madonna, mit nichten.

Ob kühn, ob bedachtsam, ich weiß es noch nicht,
Wie den Angriff ich soll planen.
Doch ehe der Herbststurm die Zweige bricht,
Verneigen sich tief deine Fahnen.

Dann schwenk' ich die Mütze hoch um die Stirn,
Seh' ich den Rauch deines Herdes.
Du horchst, dir entfallen Nadel und Zwirn,
Hörst du den Huf meines Pferdes.

Und klappert vor deiner Thüre mein Gaul,
Du wartest schon an der Treppe.
In der Eile haben sich Faden und Knaul
Verwickelt in deine Schleppe.

Vor Wonne jauchzt deine junge Brust,
Vor Wonne dein Herz, das ich raubte.
Unsre Küsse geben süßere Lust
Als trauscheinlich erlaubte.

Du weiß nicht, Mädchen, was Leidenschaft ist,
Sie klingt nicht aus Engelchören.
Nicht allzulange laß ich dir Frist,
Du sollst, du wirst mich erhören.

Heut hat noch der Fremde dein Herz in Pacht,
Mich behandelst du recht eintönig.
Doch ehe die Sichel rauscht, nimm dich in Acht,
Bin ich dein Herr und König.

Glückes genug

Wenn sanft du mir im Arme schliefst,
Ich deinen Athem hören konnte,
Im Traum du meinen Namen riefst,
Um deinen Mund ein Lächeln sonnte –
Glückes genug.

Und wenn nach heißem, ernstem Tag
Du mir verscheuchtest schwere Sorgen,
Wenn ich an deinem Herzen lag,
Und nicht mehr dachte an ein Morgen –
Glückes genug.

Ich liebe dich

Vier adlige Rosse
Voran unserm Wagen.
Wir wohnen im Schlosse
In stolzem Behagen.

Die Frühlichterwellen,
Und nächtens der Blitz,
Was All' sie erhellen,
Ist unser Besitz.

Und irrst du verlassen,
Verbannt durch die Lande,
Mit dir durch die Gassen
In Armuth und Schande.
Es bluten die Hände,
Die Füße sind wund.
Vier trostlose Wände,
Es kennt uns kein Hund.

Steht silberbeschlagen
Dein Sarg am Altare,
Sie sollen mich tragen
Zu dir auf die Bahre.
Und fern auf der Heide,
Und stirbst du in Not,
Den Dolch aus der Scheide,
Dir nach in den Tod!

Dorfkirche im Sommer

Schläfrig singt der Küster vor,
Schläfrig singt auch die Gemeinde,
Auf der Kanzel der Pastor
Betet still für seine Feinde.

Dann die Predigt, wunderbar,
Eine Predigt ohne Gleichen.
Die Baronin weint sogar
Im Gestühl, dem wappenreichen.

Amen, Segen, Thüren weit,
Orgelton und letzter Psalter.

Durch die Sommerherrlichkeit
Schwirren Schwalben, flattern Falter.

Tiefe Sehnsucht

Maienkätzchen, erster Gruß,
Ich breche euch und stecke euch
An meinen alten Hut.

Maienkätzchen, erster Gruß,
Einst brach ich euch und steckte euch
Der Liebsten an den Hut.

Vergänglichkeit

Ich stehe auf der einen,
Auf der andern Seite stehst du.
Das alte Heck liegt dazwischen,
Ein seliges Rendez-vous.

Viel Jahre sind vergangen,
Das Heck geht noch auf und zu.
Ich stehe auf der einen,
Auf der andern die alte Kuh.

Correspondenz

Im Garten, heute Morgen,
Als ich deinen Brief erbrach,
Fand ich darin verborgen
Ein Rosenblatt.
Ein Rosenblatt, deinen Locken entsunken.
Als ich es trunken mit den Lippen berührte,
Kam ein Windhauch und entführte
Den holden Gast.
Nun segelt es lustig zu dir zurück.
Gleich einer Krone trägt es mein Glück
Auf tiefrothem Sammt – und verblaßt.

Four in hand

Vorne vier nickende Pferdeköpfe,
Neben mir zwei blonde Mädchenzöpfe,
Hinten der Groom mit wichtigen Mienen,
An den Rädern Gebell.

In den Dörfern windstillen Lebens Genüge,
Auf den Feldern fleißige Eggen und Pflüge,
Alles das von der Sonne beschienen
So hell, so hell.

Mit der Pinasse

(Schön Wetter.)

Mädchen, reich' mir deine Hände,
Spring ins Boot, nicht zu behende,
Lös das Tau vom Bohlenring.
Über kleine Wellenhügel
Tanzen unsre Segelflügel
Wie der weiße Schmetterling.
Bläst Nordost uns frisch hinaus,
Weht Südwest uns sanft nach Haus.

Lustig Liebesabenteuer,
Ich und du allein am Steuer,
Weite Wassereinsamkeit.
Letztes Ufer im Verblassen,
Hoch am Maste der Pinassen
Wimpelt die Verschwiegenheit.
Bläst Nordost uns frisch hinaus,
Weht Südwest uns sanft nach Haus.

Wenn die Bretter plötzlich krachen,
In die Tiefe taucht der Nachen,
Sah es nur der wilde Schwan.
Klopft dein Herzchen? Laß uns wenden
Und die stille Fahrt beenden,
Bald am Herde sprüht dein Span.
Blies Nordost uns frisch hinaus,
Weht Südwest uns sanft nach Haus.

Verbotene Liebe

Die Nacht ist rauh und einsam,
Die Bäume stehen entlaubt.
Es ruht an meiner Schulter
Dein kummerschweres Haupt.

Der Fuchs trollt durch die Felder,
Wie ferne ist der Feind.
Gleichgültig glänzen die Sterne,
Dein schönes Auge weint.

Du brichst ein dürres Ästlein,
Das ist so knospenleer,
Und reichst mir dann die Hände –
Wir sahen uns nimmermehr.

Müde

Auf dem Wege vom Tanzsaal nach Haus
Ruht sich auf dem Steine aus
Die hübsche Margreth.
Sie öffnet ein wenig das stramme Mieder,
Daß kühl über die weißen Glieder
Der Nachtwind weht.

Desselben Weges kommt auch der Junker,
Mit Troddeln am Hut und vielem Geflunker,
Und sieht den Stein,
Und auf dem Steine das schmucke Kind,
Und wie der Blitz geschwind,
Fällt ihm was ein.

Das liebe Mädchen hatte geschlafen,
Doch wie sie des Junkers Augen trafen,
Ist sie erwacht.
Erst schreit sie auf und will feldein,
Ich denke wir lassen die beiden allein
In der Sommernacht.

Frühling

Komm, Mädchen mir nicht auf die Stube.
Du glaubst nicht, wie das gefährlich ist
Und wie mein Herze begehrlich ist –
Komm, Mädchen, mir nicht auf die Stube.
Du klipperst und klapperst mit Teller und Tassen,
Rasch muß ich von Arbeit und Handwerkzeug lassen
Du kleine Kokette,
Und muß dich küssen und stürmisch umfassen.
Komm, Mädchen, mir nicht auf die Stube.

Komm, Mädchen, mir nicht in die Wege.
Wenn im Garten ich einsam spazieren geh
Und im Garten dich einsam hantieren seh –
Komm, Mädchen, mir nicht in die Wege.
Aus Himbeergebüschen schimmert dein Rücken,
Ich höre dein Kichern beim Unkraut pflücken,
Du hast mich gesehen:
Was zögert er noch, in den Arm mich zu drücken.
Komm, Mädchen, mir nicht in die Wege.

Komm, Mädchen, mir nicht in die Laube.
Denn wüßtest du, wie das erbaulich ist,
Und wie solche Sache vertraulich ist,
Komm, Mädchen, mir nicht in die Laube.
Wenn wir so neben einander sitzen,
Und unsere Augen zusammenblitzen,
Es netzt uns der Nachttau,
Wir könnten uns leicht erkälten, erhitzen.
Komm, Mädchen, mir nicht in die Laube.

Zu spät

Ich kann das Wort nicht vergessen,
Es klang so traurig und schwer.
Dein Stimmlein hör' ich schluchzen:
Ich weiß, du liebst mich nicht mehr.

Der Abend sank auf die Felder,
Vom Tage nur noch ein Rest.
Die letzten Krähen flogen
Nach fernen Wäldern zu Nest.

Nun sind wir weit geschieden,
Auf Nimmerwiederkehr.
Ich kann das Wort nicht vergessen:
Ich weiß, du liebst mich nicht mehr.

Hans der Schwärmer

Hans Töffel liebt Schön Doris sehr,
Schön Doris Hans Töffel vielleicht noch mehr.
Doch seine Liebe, ich weiß nicht wie,
Ist zu scheu, zu schüchtern, zu viel Elegie.
Im Kreise liest er Gedichte vor,
Schön Doris steht unten am Gartenthor:
Ach, käm' er doch frisch zu mir hergesprungen,
Wie wollt' ich ihn herzen, den lieben Jungen.
Hans Töffel liest oben Gedichte.

Am andern Abend, der blöde Thor,
Hans Töffel trägt wieder Gedichte vor.
Schön Doris das wirklich sehr verdrießt,
Daß er immer weiter und weiter liest.
Sie schleicht sich hinaus, er gewahrt es nicht,
Just sagt er von Heine ein herrlich Gedicht.
Schön Doris steht unten in Rosendüften
Und hätte so gern seinen Arm um die Hüften.
Hans Töffel ließt oben Gedichte.

Am andern Abend ist großes Fest,
Viel Menschen sind eng aneinander gepreßt.
Heut muß er's doch endlich sehn der Poet,
Wenn Schön Doris sacht aus der Thüre geht.
Potz Tausend, er merkt es und merkt es auch nicht,
Er spricht und verzapft gar ein eigen Gedicht.
Und unten im stillen, dunklen Garten
Muß Schön Doris vergeblich, vergeblich warten.
Hans Töffel ließt oben Gedichte.

Am andern Abend, beim heiligen Gral,
Schön Doris fehlt im Gesellschaftssaal.
Und ist auch Hans Töffel mein Freund und mir wert –
Die Katze schläft unten am Feuerherd,
Beim Kätzchen steht sinnend Schön Doris und sehnt,
Ihr Köpfchen an meiner Schulter lehnt.

Und hätt' ich auch eine Legion Verdammer,
Zu süß war die Stunde bei ihr in der Kammer.
Hans Töffel liest oben Gedichte.

Nach dem Ball

Setz' in des Wagens Finsterniß
Getrost den Atlasschuh.
Die Füchse schäumen ins Gebiß,
Und nun, Johann fahr' zu.
Es ruht an meiner Schulter aus
Und schläft, ein müder Veilchenstrauß,
Die kleine blonde Comtesse.

Die Nacht versinkt in Sumpf und Moor,
Ein erster roter Streif.
Der Kiebitz schüttelt sich im Rohr
Aus Schopf und Pelz den Reif.
Noch hört im Traum der Rosse Lauf,
Dann schlägt die blauen Augen auf
Die kleine blonde Comtesse.

Die Sichel klingt vom Wiesengrund,
Der Tauber gurrt und lacht,
Am Rade kläfft der Bauernhund,
All' Leben ist erwacht.
Ach, wie die Sonne köstlich schien,
Wir fuhren schnell nach Gretna Green,
Ich und die kleine Comtesse.

Die gelbe Blume Eifersucht

Was war das, drückt er ihr leise die Hand,
Als gestern Abend er neben ihr stand,
Der Hund, der Hund!
Heut sah sie den ganzen Tag hinaus:
Wann wird er kommen.
Und als er um die Ecke bog,
Das Rot ihr in die Schläfen flog.
Das soll dir nicht frommen,
Du Hund, du Hund!

Heut Abend, ich lauschte, in heimlicher Stund'
Er küßte sie zärtlich auf Augen und Mund,
Der Hund, der Hund!
Nun lauer' und schleich ich im Säulengang
Auf Katzenpfoten.
Meinen Dolch betast' ich wohl hundertmal,
In die Brust ihn dir brech' ich für alle die Qual,
Als Liebesboten,
Du Hund, du Hund!

Unheimlicher Teich

Zwei krause verkrüppelte Zwergeichen,
Weidengestrüpp, Feldsteine, und
Ein alter, weggeworfener, zerrissener,
Halbverfaulter, verlassener Stiefel.
Im Schilf lärmt der Rohrspatz
In weiter Stille.

Langsam auf Brachfeld und Moor welkt der Tag,
Und blaß zwinkern drei, vier Sterne,
Wie Kätzchenäugelchen, die zum ersten Mal in die Welt blinzeln.
Es schweigt der Wind.
Eine Kuh brüllt auf fernen Feldern
In weiter Stille.

Still und einsam.

Aus der schwarzen Wasserlache
Steigt in lang weißem Gewand ein Priester.
Und in seiner Hand, hoch dem Haupte,
Glänzt die Monstranz.

Die Monstranz?

Vor zweihundert und etlichen Jahren
Sin die Schweden durchs Land gefahren,
Und ein wüster Blondgesell
Stahl aus der Kirche das Heiligste schnell
Und steckt in den Sack das Stück.
Doch hinter ihm her kam der Priester gerannt,
Ein junger, tapferer Prädikant,
Und kämpft es zurück.

Aber wehe, o weh,
Hinterm Busch im Klee,
Lag des Schweden Kamerad,
Von Axel Cederstolpe's Dragonern, Sven Grath

Die beiden schlugen den Priester tot,
Der hat in seiner letzten Not
Das Hostiengefäß gehalten,
Daß sich die Finger krallten in Wachs ...
... und sie warfen ihn ins Loch.

Allabendlich doch,
Wenn das letzte Rot verschwommen,
Und die ersten Sterne kommen,
Steht er tieftraurig auf dem Teiche.

Gestern kam der alte Kuhhirte Hans
Vom Jahrmarkt etwas schwer des Weges daher,
Der sah den Priester und die Monstranz.
Den alten Hans fanden wir heute Morgen
Als Leiche.

Die Nixe

Der Tag ist aus, und letzt' Geläut
Verkündet uns: Genug für heut.
Fort legt der Schuster seinen Pfriemen,
Und der den Hobel, der den Riemen.
Der Bauer trennt sich von der Sense,
Der Knecht hängt an den Pflock die Trense.
Der Schreiber selbst, der arme Mann,
Er sieht die Welt sich draußen an.

Bekanntlich ist bei uns der Mai
Von Eis und Schnee nie gänzlich frei,
Doch ist es heut ein Sommerabend,
Der alte Reim darauf ist labend.
Viel Liebespärchen sind bereit,
Um, kommt die liebe Dunkelheit,
Zu scherzen viel und viel zu flüstern,
Natürlich unter düstern Rüstern.

Ein Jeder sucht von Dissonanzen,
Die selbst den hellsten Tag verschein,
Bei Tagesschluß sich zu befrein.
In Spanien durch Fandangotanzen,
Wir sitzen hinter Flaschenschanzen.
Auch ist's behaglich, wenn Lakaien
Recht warme Schüsseln vor uns setzen,
Und wir den Braten dann zerfetzen,
In Honolulu mit den Nägeln,
Wir nach bekannten Anstandsregeln.
Ich lobe mir die Tafelfreuden,
Wenn nicht zuviel wir d'ran vergeuden,
Als angenehmste Zeit am Tage,
Vergessen Schema F und Plage.

Doch mehr Genüsse giebt es noch
Nach Lebenslast und Tagesjoch.
Zum Beispiel der Natur sich freuen,

Und sich im Wandern zu zerstreuen.
So fand ich heut, ich weiß nicht wie,
Vielleicht auf meiner Baronie,
Auf einer Wiese weit und breit
Die stille Blume Einsamkeit.
Zwei braune Kühe rupften dort,
Ein Flüßchen schwatzte fort und fort,
Und aus den Buchen an der Heide,
Zwar Walter von der Vogelweide
Sagt Linden, sang die Nachtigall
Tandaradei!

Und stiller ward es rings umher.
Ich streckte mich ins junge Gras,
Und dachte dieses, dachte das.
Die Kühe lagen, wiederkäuend,
Sich schon auf neue Kräuter freuend.
Wie kam ich plötzlich auf Homer?
Es fiel mir aus der Ilias
Achilleus ein. Ich mag ihn nicht,
Und leiste gern auf ihn Verzicht.
Sprach jemals einer solche Worte
Zu seinem Feinde, wenn die Pforte
Des Todes sich ihm öffnen will.
Es höhnt der Fleischerknecht Achill,
Als Hektor sterbend vor ihm lag:
»Nun hast du deinen letzten Tag.
Die Hunde sollen dich zerbeißen,
Und wilde Geier dich zerreißen.«
Und keine Kunst! Pallas Athene
Stand Seit' ihm in der Schlachtenscene,
Und reicht', verhüllt, ihm wieder her
Das schon verschleuderte Gewehr.
Und Hektor starb.

Beim Himmel weit!
Bin ich von dieser Welt geschieden?
Dort auf dem Flusse den Peliden

Seh', drohend mir, zur Schlacht bereit,
Ich stehn in hoher Herrlichkeit.
Bin ich denn bei den Spiritisten,
Die überall sich einzunisten
Gesonnen sind. Ich denke: nein –
Ein neues Bild: Held Don Quixote.
Hadrianus, Ebers, Nero, Heine,
Bald wechseln Lebende, bald Tote,
Bald große Männer, bald auch kleine.
Lord Byron kam und schwand alsdann.
(Ich liebe seinen »Don Juan«.)
Und weiter zogen Helden, Dichter,
Gesetzesgeber, große Richter.
Bis endlich noch Fritz Käpernick
Und Caesar »mit dem Greifenblick.«
Dann zum Beschluß der große Dante,
Der leider noch sehr unbekannte.
(Soll ich mich ganz dem Dichter geben,
Will ich kein Kommentar daneben.)
Es führten ihn in ihrer Mitt'
Herr Meierleben und Herr Schmitt. –
Und eine Leere trat nun ein,
Vom Flusse schwand der Phosphorschein.
Es rauschte Welle nur auf Welle
Gemütlich durch die Mondeshelle.
Da sieh! Beim heiligen Krucifixe!
Es taucht hervor die Wassernixe.

War das ein wundervolles Weib,
War das ein wundervoller Leib.
Als sie dem Schilf entstieg und Rohr,
Da brach erschreckt ein Kranich vor,
Und spannte schwer die breiten Flügel,
Und hob sich über Holz und Hügel.
Doch als ich näher ging und sah,
Und endlich ganz der Nixe nah,
Wen mußt' ich sehen! Gott der Gnade!
Wen fand ich hier am Schilfgestade –

Die einst ich liebte warm und wahr.
Doch damals hing das blonde Haar
So lang noch nicht, wie nun es war.
Es fließt ihr über Hals und Nacken,
Bis leicht es lose Wellen packen.
Die Kleidung schloß sich mehr decent
Als hier im feuchten Element,
Wenn ihre Arme auch und Hände
Sich kreuzen vor der Brust als Wände.
»O sprich, o sprich ein einzig Wort,
Wie kamst du her an diesen Ort?«
Doch blieb sie stumm und sah mich an,
Daß mir die Thräne niederrann.
Und wurde blasser, immer blasser,
Und sank allmählig in die Wasser. –
Ich wandte mich und ging feldein,
Doch eh ich hundert Schritte kaum
Gegangen war in schwerem Traum,
Kehrt' ich mich um im Mondenschein.
Da stand sie wieder, doch bewegt,
In ihren Mienen aufgeregt.
Ein Schrei drang gellend her von ihr,
Wie Ruf und Schrei von einem Tier.

In Böhmen einst, in Junitagen,
In heißer Schlacht, in heißer Schlacht,
Hört' ich ein Pferd im Tode klagen,
Das klang durch all' die heiße Schlacht.
Wir kämpften um ein Dorf mit Wut
In dickem Staub und Sonnenglut.
Mann gegen Mann, in Haus und Garten,
Um Knick und Mauer, Dach und Scharten.
Da, mitten drin im Pulverdampf,
Kommandoruf und Roßgestampf,
Durch Trommelwirbel, Hörnerschall,
Durch Mordgeheul und Donnerknall,
Hört' ich aus einem Stall, der brannte,
Ein Schreien, das mich übermannte.

»Hierher, rief ich mit heiserer Stimme,
Hierher zu mir im letzten Lauf,
Hierher! und schlagt die Thüren auf!«
Sie kamen schnell in Sturm und Grimme,
Und als wir in die Scheune drangen,
Sah bald an einer Kett' ich hangen
Ein halbverkohltes Pferd, das schrie,
Und ich vergess' es im Leben nie. –
Habt einen Menschen ihr gehört,
Hat euer Blut sich nicht empört,
Wenn ihm, vor allzugroßem Schmerz
Nicht brechen Auge kann und Herz?
In Frankreich war es. Blutbespritzt,
Schweißübergossen, überhitzt,
Just um des Schlachtentages Mitte.
Von meinen Pferden schon das dritte,
Das ich bestiegen im Gefechte.
Den hungrigen Degen hielt die Rechte,
Und meine herrliche Kompagnie,
Zu sattem Siege führ' ich sie.
Da, als wir über Leichen stolpern,
Durch Stein und Buschwerk weiter holpern,
Und nur die freie Bahn ersehnen,
Den Feind zu packen mit den Zähnen,
Erschrak ein Schrei mich in der Nähe,
Der klang so gräßlich, klang so jähe,
Daß ich entsetzt vom Pferde sprang,
Und keuchend an die Stelle drang,
Woher er kam.

Du großer Gott!
Da lag mein Freund, zerrissen, bloß,
Im Sonnenfeuer, das ihn sott,
Noch mit Besinnung, rettungslos.
Das Eingeweide hing heraus,
Er starrt mich an im Sterbegraus,
Und ich verstand den stummen Blick:
»Thu' deine letzte Freundespflicht.«

Und lange war mein Zögern nicht,
Schon spannt' ich den Revolverhahn,
Da lehnt er sich im letzten Wahn
An meine Brust. Und Gott sei Dank!
Von seinem Schiff ins Todesmeer
Des Mastes Wimpel untersank.
Noch stammelt er: »Siegt unser Heer? –
Schnellfeuer – dort – der König – Sein
Im Tod ...« ... und ruhig schlief er ein.
Ich küßte seinen bleichen Mund,
Und stürzte wieder in die Schlacht,
In den quirlenden, qualmenden Höllenschlund,
Bis uns der Tag den Sieg gebracht. –

Doch grauenvoller war der Schrei,
Den eben schrie die Wasserfei:
»O wehe, weh, die Stund' ist da.«
Und gleich nachdem der Ruf geschah,
Hört' ich es hinterm Hügel nah,
Und trab, trab kommt es näher schon,
Und näher, näher schwillt der Ton,
Da, auf des Hügels breiter Kuppe,
Links blieb die kleine Tannengruppe,
Ein Mensch, am Himmel ausgeschnitten,
Ein Pulsschlag war es, dann herab,
So läuft er auf sein nasses Grab.
Halt! Halt! und bald steh' ich in Mitten
Von Wasserweib und Menschenkind,
Und fing den Stürmer auf geschwind.
Der wehrte sich und wollte fort,
Er müsse zu der Nixe dort.
Ich hielt ihn wie mit Eisenklammern,
Es half ihm Klagen nicht und Jammern.
Da, gräßlich, schreit es noch einmal,
Im Echo ruft das ganze Thal,
Und wunderbar, wie vordem schon,
Tönt trab, trab, trab der alte Ton,
Erst hinterm Hügel, dann hoch oben,

Die Augen stier, die Händ' erhoben.
So stürzt der Läufer niederwärts,
Dem schönen Nixenweib ans Herz.
Ich sah, eh' ich den Sinn verlor,
Die Nixe drängt ans Ufer vor
Und spannte weit den schönen Arm –
Da schoß auf mich ein Sternenschwarm.

Am andern Tag in früher Stund'
Erwacht' ich auf dem Wiesengrund.
Die beiden Kühe rupften wieder –
Doch dort, sie suchen was im Fluß,
Und tauchen ihre Stangen nieder –
War das des Traumes herber Schluß?
Und sieh! Wen tragen dort die Hände,
Sie trugen einen, der versank
Und dies Nacht im Fluß ertrank.
Das war des schweren Traumes Ende.

Früh am Tage

In der Fensterluken schmalen Ritzen
Klemmt der Morgen sich die Fingerspitzen.
Kann von meinem Mädchen mich nicht trennen,
Muß mit tausend Schmeichelnamen sie benennen.

Drängt die liebe Kleine nach der Thüre,
Halt' ich sie durch tausend Liebesschwüre.
Muß ich leider endlich selber treiben,
Fällt sie, wortlos, um den Hals mir, möchte bleiben.

Liebster, so, nun laß mich, laß mich gehen,
Doch im Gehen bleibt sie zögernd stehen,
Noch ein letztes Horchen, letzte Winke,
Und dann faßt und drückt sie leise, leis die Klinke.

Schuh' aus, schleicht sie, daß sie Keiner spüre,
Und ich schließe sachte, sacht die Thüre,
Öffne leise, leise dann die Luken,
In die frische, schöne Morgenwelt zu gucken.

Kurz ist der Frühling

Kam in ein Wirtshaus, ich weiß nicht wie,
Tanzt der Soldate, tanzt der Commis.
War ein so schöner Frühlingstag,
Schlug mein Herz so besonderen Schlag.
Trug ein wunderbar Verlangen,
Mit einem Mädel heut anzufangen.
Und, alle Wetter, da seh' ich sie tanzen,
Dichtete gleich zehntausend Stanzen.
Kurz ist der Frühling.

Als wieder am Platze die Tänzerin,
Ging ich stracks zu der Kleinen hin.
Bat sie, ein Glas zu trinken mit mir,
Ja, sagte sie gleich und ohne Gezier.
Bestellt' ich uns eine kalte Flaschen,
Und dem Holdchen etwas zum Naschen.
Blitzt mir ihr Auge dankbar entgegen,
Zuckt um die Lippen es noch verlegen.
Kurz ist der Frühling.

Kindel, mein Kutscher schlief draußen aus,
Wir fahren, ich bitt' dich, nun nach Haus.
Lacht sie, die schelmische Tänzerin,
Das wäre gar nicht nach ihrem Sinn.
Ließ ich mich weiter von ihr bestricken,
Mußte den Kutscher zum Kuckuck schicken.
Doch als der Morgen in Saal und Ecken,
Führt' ich am Arm sie durch Schlehdornhecken.
Kurz ist der Frühling.

War so ein süßes, verliebtes Ding,
Noch ohne Schmuck und noch ohne Ring.
Freute sich kindisch über ein Band,
Über ein Kettchen und allerlei Tand.
Tranken zusammen die Chokolade,
Besahen uns dann die Wachtparade,

Kaufte zum Hut ihr eine Feder,
Schenkt' ihr Handschuh von feinstem Leder.
Kurz ist der Frühling.

Wohnten im hübschen Vorstadthaus,
Fern vom Markt und vom Straßengebraus.
Schaut in die Welt ihr Auge braun,
Ging ihre Welt bis zum Gartenzaun.
War so gefällig, war so bescheiden,
Dacht' ich nimmer an Scheiden und Meiden.
Doch als der Sommer kam in die Lande,
Trennten sich unsere Liebesbande.
Kurz ist der Frühling.

Kalter Augusttag

1.

Wir standen unter alten Riesenulmen,
An unsers Gartens Rand. Mein Arm umschlang
Die schlanke Hüfte dir. Es lag dein Haupt,
Das schöne, blasse, still an meiner Schulter.
Ein kalter Hauch drang uns entgegen; fröstelnd
Zogst fester du das Tuch um deinen Hals.
In grauer Luft, unübersehbar, lag
Der Wiesen grünes Flachland ausgebreitet.
Wie deutlich hörten wir den Jungen schelten
Auf seine Kühe, deutlich hör' ich noch
Dein fröhlich Lachen, als uns die gesunden,
Vom Winde hergetragnen Worte trafen.
Und eine Oede, nordisch unbehaglich,
Durchfror die Landschaft. Krähen stolperten,
Laut krächzend, über'n Garten. Schläfrig zog
Am Horizont die Mühle ihre Kreise.
Und doch! Es lag auf Wegen fern und nah
Der Sonnenschein, der Sonnenschein des Glücks.
Und langsam kehrten wir zurück ins Haus.

2.

Und wieder stand ich unter unsern Ulmen,
Doch nicht mit dir. Allein sah ich hinaus
In lichten Frühlingstag: Der Junge pfiff
Ein lustig Liedchen seinen Kühen; glänzend
Im Licht umkreisten Krähen hohe Bäume,
In blauer Luft schaut' ich am Horizont
Die Mühle schnell im Wind die Flügel drehn.
Und doch, ich sah nur graue Todesnebel,
Und teilnahmlos kehrt' ich zurück ins Haus.

»Ich habe dich so sehr geliebet«

Ich war bei hellem Sommerlicht
In eine Dämmergruft gestiegen,
Wo Sarkophage, dicht an dicht,
Wie Denker in Gedanken, schwiegen.

Der Särge Silberschilderei,
Wo Nam' und Wappen eingeschnitten,
Umzog barocke Schnörkelei,
Nach längst verjährten alten Sitten.

Es traf mein Blick auf einen Sarg,
Aus all den andern Schmerzerrettern.
Ich wußte, wen die Truhe barg,
Aus einer Chronik gelben Blättern:

Ein Jahr nach ihrer Hochzeit schied
Die junge Frau mit ihrem Knaben.
Und der, der nun die Sonne mied,
Sein einzig Glück war hier begraben.

Schnee fiel in seine Sommerflur,
Er war zu tief, zu tief »betrübet.«
Ich las auf ihrem Sarge nur:
»Ich habe dich so sehr geliebet.«

Hochsommer im Walde

»Kein Mittagessen fünf Tage schon.
Die Heimat so weit, kein Geld und kein Lohn,
Statt Arbeit zu finden, nur Hunger und Not,
Nur wandern und betteln und kaum ein Stück Brot.«

Was biegt der Handwerksbursch in den Wald?
Was läuft ihm übers Gesicht so kalt?
Was sieht er trostlos in den Raum?
Was irrt sein Auge von Baum zu Baum?

Die Sonne sinkt und Stille ringsum,
Die Drossel nur lärmt noch, sonst Alles stumm.
Was schaukelt der Erlbaum am Waldesrand?
In seinen Ästen ein Mensch verschwand.

Von seinem ärmlichen Bündel den Strick,
Er legt um den Hals ihn, um Wirbel, Genick,
Dann läßt er sich fallen – nur kurz ist die Qual,
Er sah die Sonne zum letzten Mal.

Der Tau fällt auf ihn, der Tag erwacht,
Der Pirol flötet, der Tauber lacht.
Es lebt und webt, als wär' nichts geschehn,
Gleichgültig wispern die Winde und wehn.

Ein Jäger kommt den Hügel herab,
Und sieht den Erhängten und schneidet ihn ab.
Und macht der Behörde die Anzeige schnell,
Gendarmen und Träger sind bald zur Stell'.

In hellen Glacés ein Herr vom Gericht,
Der prüft, ob kein Raubmord, wie das seine Pflicht.
Sie tragen den Leichnam ins Siechenhaus,
Und dann, wo kein Kreuz steht, ins Feld hinaus.

Da Niemand zuvor den Toten gesehn,
Erhält er die Nummer dreihundert und zehn.
Drei Hundert und neun schon liegen im Sand,
Wer hat sie geliebt, wer hat sie gekannt?

An der table d'hôte
Stück in Esther

Kapitel 4. Vers 3-14.

Cap. 4. v. 3. Und am dritten Tage legte sie ihre tägliche Kleider ab, und zog ihren königlichen Schmuck an,

4. Und war sehr schön, und rief Gott, den Heiland, an, der alles siehet; und nahm zwo Mägde mit sich, und lehnete sich zierlich auf die eine, die andere aber folgte ihr, und trug ihr den Schwanz am Rock.

5. Und ihr Angesicht war sehr schön, lieblich und fröhlich gestaltet; aber ihr Herz war voll Angst und Sorge.

6. Und da sie durch alle Thüren hinein kam, trat sie gegen dem Könige Artaxerxes, da er saß auf seinem königlichen Stuhl in seinen königlichen Kleidern, die von Gold und Edelsteinen waren, und war schrecklich anzusehen.

7. Da er nun die Augen aufhob, und sahe sie zorniglich an, erblaßte die Königin, und sank in eine Ohnmacht, und legte das Haupt auf die Magd.

8. Da wandelte Gott dem Könige sein Herz zur Güte, und ihm ward bange für sie, und sprang von seinem Stuhl, und empfing sie mit seinen Armen, bis sie wieder zu sich kam, und sprach sie freundlich an: Was ist dir, Esther? Ich bin dein Bruder, fürchte dich nicht, du sollst nicht sterben. Denn dies Verbot betrifft alle andere, aber dich nicht.

9. Trit herzu.

10. Und er hob den goldenen Scepter auf, und legte ihn auf ihre Achseln, und küssete sie und sprach: Sage her.

11. Und sie antwortete: Da ich dich ansahe, deuchte mich, ich sähe einen Engel Gottes; darum erschrak ich vor deiner großen Majestät.

12. Denn du bist sehr schrecklich und deine Gestalt ist ganz herrlich.

13. Und als sie so redete, sank sie abermals in eine Ohnmacht, und fiel darnieder.

14. Der König aber erschrak sammt seinen Dienern und tröstete sie.

Einer wunderschönen Jüdin
Saß ich heute gegenüber,
Aus den großen braunen Augen
Klagte scheu Jerusalem.

Eingeschlagen wie zwei Nägel,
Blitzten in den kleinen Ohren

Diamanten reinsten Wassers,
Blitzten lüstern mir ins Herz.

Unausstehlich war ihr Gatte,
Grau, gelangweilt. Zähne stochernd,
Dachte an Prioritäten,
Eifersüchtig schien er auch.

Und ich hob den vollen Römer,
Und ihn an die Lippen setzend,
Fand ich ihre braunen Augen,
Trank ihn aus auf einen Zug:

Haman, Esther, hieß der Unhold,
Der dich einst vernichten wollte,
Haman nenn' ich deinen Gatten,
Ich will Artaxerxes sein.

Haman schaukelte bei Susan
Bald an einem hohen Galgen,
Als den König Artaxerxes
Du verliebt in dich gemacht.

Dein Genosse Haman aber
Soll im Saal am Leuchter hängen,
Und in Artaxerxes Armen
Ruht die schöne Königin.

Zerbrochener Keilerkopf

Im Rabenhorst, im Dunkelforst,
Wo jüngst der Blitz den Eichbaum borst,
Kein Lamm wird dort geschoren:
Der König griff den Keiler an,
Der Keiler nahm den König an,
Der König scheint verloren.

Da stürzt hervor, ein Jaguar,
Mit Funkelblick und Stachelhaar,
Jung Henning durch die Blätter:
Ein Diener aus des Fürsten Troß,
Sein Schwertgesell und Jagdgenoß,
Nun des Gebieters Retter.

Des Königs Dank ist Turm und Land,
Er zäumt mit rot und gülden Band
Ihm seinen besten Rappen.
Es schaut der Ritter durchs Visier,
Ein Eber droht, des Helmes Zier,
Ein Eberkopf im Wappen.

Jahrhundert auf Jahrhundert rann,
Ein Augenblick. Die Parze spann
Gleichmäßig ihren Faden.
Die Sippe floß, zuerst ein Quell,
Dann Fluß und Strom, bald still und hell,
Bald rauschend wie Kaskaden.

Versandet. Noch ein letzter Blink,
Es rinnt im Sonnenscheidewink
Der Murmelbach von hinnen:
Die kleine feine Eminenz
Im Garten dort in Laub und Lenz,
Was steht sie tief in Sinnen?

Der Lanzenreiter, Tod genannt,
Führt sicher seine Knochenhand,
Er hat den Greis erstochen.
Zerpflückt, verwelkt das Kranzgeflecht,
Erloschen ist ein alt Geschlecht,
Das Wappenschild zerbrochen.

Kleine Geschichte

Frühsommer wars, am Nachmittag.
Der Weißdorn stand in Blüte.
Ich ging allein durch Feld und Hag
Mit sehnendem Gemüte.

Es trieb mich in den Tag hinein
Ein zärtliches Verlangen
Nach dunkler Laube Dämmerschein
Und weichen Mädchenwangen.

Ich fand ein Wirtshaus, alt, bestroht,
Umringt von Baumgardinen.
Die alte Frau am Eingang bot
Gebäck und Apfelsinen.

Im Garten: Schaukeln, Karoussel,
Und Zelte, übersonnte.
Ein Scheibenstand, wo man als Tell
Den Apfel schießen konnte.

Den Affen zeigt Neapels Sohn,
Die Kegelkugeln rollen.
Dort steigt ein roter Luftballon,
Um den die Kinder tollen.

Musik, Gelächter, Hopsasa,
Wo bleibt das hübsche Mädchen.
Da plötzlich in dem Tralala
Ein allerliebstes Käthchen.

Das war ein gar zu liebes Ding,
Goldregenüberbogen.
Just kam ein kleiner Schmetterling
Dicht ihr vorbeigeflogen.

Ich stutzte überraschungsfroh,
Schaut' ihr in Auges Tiefe.
Wenn auch ihr Blick mich immer floh,
Die Augen waren Briefe:

»Geh' langsam durch den Garten hier,
Auf buntbelebten Wegen.
Wir treffen uns, ich komme dir
Von ungefähr entgegen.«

So wandr' ich denn, und wie der Dieb
Schiel' ich in Näh' und Weite,
Ob bei der Mutter sie verblieb,
Ob sie mir an der Seite.

Indessen steht sie neben mir –
Ich kann nicht Worte finden.
Ein zwei, drei Zoll lang Fädchen schier
Könnt' uns zusammenbinden.

Im Saale trommelts, quikt und quackt
Der Geiger und der Pfeifer.
Wir tanzen bald in regem Takt
Den alten deutschen Schleifer.

Ich drücke sanft die kleine Hand,
Sie drückt die Hand mir wieder.
Wo dann den Weg mit ihr ich fand,
Da leuchtete der Flieder.

Bleib hier, bleib hier, bis Tageslicht
Und letztes Rot verblassen.
»Ach, Liebster, länger darf ich nicht
Die Mutter warten lassen.«

Bleib hier, ich zeige dir den Stern,
Wo einst wir uns gesehen.

Sieht er uns hier vom Himmel fern,
Dann bleibt er grüßend stehen.

»Laß mich, Herzallerliebster mein,
Die Mutter sucht im Garten«.
So schleiche dir ich hinterdrein,
Und will im Dunkel warten.

Wenn alles schwarz und still im Haus,
Dann wart' ich in der Laube.
Wenn alles still, dann komm heraus,
Du meine weiße Taube.

Es klingt die Thür, und gleich darauf
Huscht sie zu mir hernieder,
»Pst, nicht so stürmisch, hör' doch auf,
Du weckst die Mutter wieder.«

Von tausend Welten überdacht,
Die ruhig weiter gehen.
Es zog ein Stern um Mitternacht,
Und grüßend blieb er stehen.

Herbst

Astern blühen schon im Garten,
Schwächer trifft der Sonnenpfeil.
Blumen, die den Tod erwarten
Durch des Frostes Henkerbeil.

Brauner dunkelt längst die Heide,
Blätter zittern durch die Luft.
Und es liegen Wald und Weide
Unbewegt in blauem Duft.

Pfirsich an der Gartenmauer,
Kranich auf der Winterflucht.
Herbstes Freuden, Herbstes Trauer,
Welke Rosen, reife Frucht.

Alt geworden

Unvergessen bleibt der Garten,
Der des Kindes Welt enthielt.
Ob in seinen engen Wegen
Noch ein Kindeshändchen spielt?

Und wie tief die Waldesschatten,
Junger Liebe erstes Jahr.
Ob die Bäume wohl noch leben,
Ob sie scheitelt noch ihr Haar?

Regen rauschte viel hernieder,
Viele Jahre rauschten hin.
Waldesschatten, kleiner Garten –
Grauer Bart umwächst das Kinn.

Auf eine Hand

Die Hand, die zitternd in der meinen lag
Am Maientag, als weit die Amseln sangen,
Die heimlich mir, ein unbewußt Verlangen,
Im Garten einst die frische Rose brach.

Die mir, wenn staubbedeckt der heiße Tag
In Mannespflicht und Arbeit war gegangen,
Am weißen Arme blitzen Güldenspangen,
Den kühlen Trunk kredenzte im Gemach.

Die liebestill manch Hinderniß entrückte
Und breite Sorgenströme überbrückte,
Die treue Hand, die schöne, anmutreiche.

O laß sie ruhen einst auf meinem Herzen,
Wenn ich verlasse dieses Land der Schmerzen,
Daß ich gesegnet bin, wenn ich erbleiche.

Abschied und Rückkehr

1.

Vorbei, vorbei, auf feuchter Spur
Irrt trostlos nun mein Blick ins Weite.
Vorbei, vorbei, die Möwe nur
Giebt mir ein trauriges Geleite.

Nun kehrt auch sie, fernab, fernab
Ist längst mein Vaterland geblieben.
Aus meiner Heimat, wo mein Grab
Ich schon gewählt, bin ich vertrieben.

Als gestern ich im Abschiedszorn
Voll Schmerz den Lindenzweig gerüttelt,
Als ich den Rebhahn hört' im Korn,
Es hat ein Fieber mich geschüttelt.

Es wogt mein Schiff, es sinkt und hebt,
Ein Sturmlied singen die Matrosen.
Es wogt mein Herz, es ringt und bebt,
Es schlägt der Sturm den Heimatlosen.

2.

Aus Wogen taucht ein blasser Strand,
Es schimmert fern durch meine Thränen
Des Vaterlandes Küstenrand,
Erschöpft muß ich am Maste lehnen.

Der Flieder blüht, die Schwalbe zieht,
Und auf den Dächern schwatzen Staare,
Der Orgeldreher dreht sein Lied,
Ein linder Wind küßt mir die Haare.

Die Mädchen lachen Arm in Arm,
Soldaten stehen vor der Wache,
Und aus der Schule bricht ein Schwarm,
Der lustig lärmt in *meiner* Sprache.

Es schreit mein Herz, es jauchzt und bebt
Der alten Heimat heiß entgegen.
Und was als Kind ich je durchlebt,
Klingt wieder mir auf allen Wegen.

Waldschnepfenjagd

Vor Tagesanbruch ging ich einst zum Busch,
Den scheuen Vogel zu erlegen, der,
Im Frühlingswanderzug nach ferner Küste,
Geheimnißvoll durch unsre Wälder zieht.
Bald stand ich schußbereit am Holzesrande,
Zu Füßen, jagdgierzitternd, saß der Hund.
In schwerem Dunste lag die feuchte Wiese,
Und drüber weg, trotz Dämmerung und Nebel
Sah deutlich ich's, bog sich ein Kranz von Tannen.
Schon zwitscherten, doch klang es noch aus Träumen,
Vereinzelt Vogelstimmen, und es brach,
Wie flüsternd durch die kahlen, schwarzen Äste,
Ein kurzer, kühler Windstoß, der, ein Läufer,
Den Sonnenaufgang eilig pflegt zu künden.
Da sah zwei Menschen ich am Tannensaum.
Im Jagdrock er, die Büchse umgehangen,
Den Hut ein wenig auf das Ohr geschoben.
Das Mädchen eingeschmiegt in dichte Pelze,
Ein weißes Tüchelchen um Kopf und Schulter.
Es lagen ihre Händchen in den seinen.
Aus Nebelthoren zog die Siegersonne: –
Und von des Mädchens Schönheit wie berauscht,
Nahm schnell er ihr das weiße Tuch vom Haupte,
Daß schwer, in goldenroten, breiten Strömen,
Das ungebund'ne Haar sie ganz umfloß.
Wie halb ertappt auf unerlaubten Wegen,
Fand ich mich bald in anderen Gehegen.

Nachklänge

1.

Bisweilen ist es mir, als ob ich höre
Die Trommeln wirbeln und den Ruf der Hörner.
Und siegestrunken bricht aus tausend Kehlen,
Es klingt zu mir aus ungemess'nen Fernen,
Ein brausend Hurrah jauchzend zu den Sternen.

2.

Was blüht ihr wieder, heitere Syringen,
Wollt ihr den Gruß mir eines Toten bringen?
Er war mein Freund, er war's in Lust und Leiden,
Um dessen Stirn die Frühlingslocken hingen.
Uns schwanden manche Stunden, jugendtolle,
Das Morgenrot noch grüßte Becherklingen.
Das nahm ein Ende, als die Schlachtenadler
Die Flügel breiteten auf Sturmesschwingen,
Und der Granaten unheilvolle Wolken
In Lüften spielten gleich den Schmetterlingen,
Als unsre Fahnen, rot in Abendgluten,
Siegkündend flatterten nach heißem Ringen.
Auf allen Höhen, in den Thalen schliefen,
Die gar zu brüderlich den Tod umfingen,
Und unter ihnen fand in einem Garten,
Von fern herüber tönte Siegessingen,
Den Freund ich, abendkühl, wie traumbezwungen,
Beschattet still von blühenden Syringen.

Verbannt

Es schillert um mich glänzend bunt Gefieder,
Im Palmwald lärmt der Affen lustig Heer.
Der Indianer stützt die schlanken Glieder
Auf's Rohr, und starrt mit mir hinaus ins Meer.

Und kraftvoll hebt ein Adler seine Schwingen,
Und dreht in blaue Fernen sich empor,
Als wollt' er trotzig in den Himmel dringen,
Und siegend einziehn durch das Sternenthor.

In höchsten Höhen, Adler, mußt du stehen,
Es schlägt dein Flügel an das Weltendach,
Mußt auf mein Vaterland hinuntersehen,
Ach, send' ihm Grüße, heiße Grüße nach.

Im Abend liegt es: Strohbedeckte Hütten,
Die Schwalbe ruhelos das Dorf durchzieht.
Die Kinder lärmen und in Apfelblüten
Singt eine Drossel noch ihr einfach Lied.

Die Bauern schläfrig auf den Pferden hängen,
Still heimwärts kehrend vom gewohnten Pflug.
Aus Waldestiefen tönt es von Gesängen,
Und über ihnen schwimmt ein Kranichzug.

Mein Vaterland, könnt ich in deinen Feldern
Nur einmal hören noch der Sense Schnitt,
Und durch das welke Laub in deinen Wäldern
Noch einmal rauschen hören meinen Schritt.

Abseits

In einer Riesenstadt durchschritt ich jüngst
Die volkbelebteste der großen Straßen.
Und eine Stille kam, und, wunderbar,
In all' dem Schreien, Fluchen, Stoßen, Treiben,
Zog klar vorüber mir ein liebes Bild:
Ganz wie versteckt in Wald und Feld und Heide,
Von großen und von kleinen Städten fern,
Liegt unser Haus, vereinsamt und verloren
In eines alten Gartens stiller Welt.
Die Sonne schien auf kiesbedeckte Wege,
Und in den Bäumen war ein Maienleben.
Du gingst zur Seite mir, und Hand in Hand,
So standen endlich wir am lichten Rande
Der kleinen Hölzung. Vor uns schwieg die Landschaft.
Ein Läuten kam aus unsichtbarer Ferne.
Wie schön es war. Es zogen tiefe Schatten
Um uns, und fröhlich küßte deine Augen
Ein frischer Buchenzweig.
Als Abends dann noch einmal wir durchschritten
Des Parkes Grund, die Nachtigall zu finden,
– Du wolltest ja durchaus sie singen *sehen* –
Wie lehntest halb erschrocken du den Kopf
An meine Schulter, als im Dickicht, plötzlich,
Der Marmorfaun gespenstig auf uns sah.
Und grade hier mit voller Inbrunst schlug,
In einem kaum erblühten Apfelbaum,
Die Liederkönigin. Die schönsten Weisen
Sang klagend sie dem frechen Gotte vor.
Das Glück, der Schnelläufer, hielt Ruhetag
In unsern Herzen, und es zog der Friede
Weit über's Land. Hell leuchteten die Sterne,
Hell über uns in stiller Frühlingsnacht.

Unwetter

Der Sturm preßt trotzig an die Fensterscheiben
Die rauhe Stirn; tiefschwarze Wolken treiben
Wie Fetzen einer Riesentrauerfahne,
Und schnell wie Bilder ziehn im Fieberwahne.

Wie Rettung suchend, zog, von Angst befangen,
In meine Arme dich ein heiß Verlangen.
Wie hold das war: Ein Blättchen, sturmgetrieben,
Flog mir ans Herz, dort ist es auch geblieben.

Siegesfest

Flatternde Fahnen
Und frohes Gedränge.
Fliegende Kränze
Und Siegesgesänge.

Schweigende Gräber.
Verödung und Grauen.
Welkende Kränze,
Verlassene Frauen.

Heißes Umarmen
Nach schmerzlichem Sehnen.
Brechende Herzen,
Gestorbene Tränen.

In einer großen Stadt

Es treibt vorüber mir im Meer der Stadt
Bald Der, bald Jener, Einer nach dem Andern.
Ein Blick ins Auge, und vorüber schon.
Der Orgeldreher dreht sein Lied.

Es tropft vorüber mir ins Meer des Nichts
Bald Der, bald Jener, Einer nach dem Andern.
Ein Blick auf seinen Sarg, vorüber schon.
Der Orgeldreher dreht sein Lied.

Es schwimmt ein Leichenzug im Meer der Stadt,
Querweg die Menschen, Einer nach dem Andern.
Ein Blick auf meinen Sarg, vorüber schon.
Der Orgeldreher dreht sein Lied.

Italienische Nacht

1.

Weit fort, im südlichen Italien war es. –
Du schautest vom Altane in den Garten
Auf weiterhellte, festbelebte Wege.
Dann hob dein Auge sich, und deine Seele
Verlor sich in das Schweigen ferner Landschaft:
Im Meer des Mondenlichtes liegen still
Die weißen Schlösser, Schiffen gleich, vor Anker.
Es dunkeln, Inseln, die Cypressenhaine,
Wo Liebesworte und Guitarrenklang
Im gleichen Fall der Brunnen sich vermischen.
Wie lange willst du träumen, deutsche Frau,
Von glutdurchtränkter Nacht des Romeo?
Weckt dir Erinnerung nicht liebe Bilder
Aus unbarmherzig strenger Winternacht,
Die mit gesenktem Augenlid umdämmert
Die Hünengräber deines rauhen Strandes?

2.

Im Nebelnorden, an der Ostseeküste,
Abseits der Städte und der großen Straßen,
Schläft einsam und vergessen, halb verweht
Im Schnee von harten Stürmen oft gezaust,
Ein kleines Gut. Zwei ungeschlachte Riesen,
Uralte Tannen, strecken ihre Arme
Wie Speere vor zum Schutz des Herrenhauses.
Unhörbar, drinnen auf dem Smyrnateppich,
Geht eine junge Dame auf und nieder.
Bisweilen bleibt sie stehn, schraubt an der Lampe,
Schiebt auf dem Bechstein an das Notenpult
Die schweren Bronzecandelaber näher,

Zupft im Vorübergehen an der Decke
Des Sophatisches, horcht, und wandert, horcht,
Die grauen Augen auf die Thür gerichtet.
Bis endlich ihre schwere Stirn ein Schwarm
Von Sommervögeln lustig überflattert.
Nun schreitet langsam auf dem warmen Teppich
Ein Pärchen, angeschmiedet, auf und nieder.
Behaglichkeit, das Kätzchen, schnurrt im Zimmer,
Indessen draußen in der Winternacht,
Ein Abglanz von den Schilden Schlachterschlagner,
Die fleißig in Walhall den Humpen schwingen,
Die blassen Strahlenbündel eines Nordlichts
Am strengen Himmel Odins sich ergießen.
Und auf der toten Heide bellt der Fuchs.

Erwartung

Auf Turm und Thor und Mauerkranz,
Auf rauschende, dunkle Tannen,
Fällt Flammenschein und Lichtertanz
Von Fackeln und aus Pfannen.

Ein Weib steht an des Söllers Rand,
Es nimmt der Wind ihre Rede:
Mein Trauter zog in's Niederland,
Er zog in die blutige Fehde.

Und hört sie nicht Zinken und Siegesgeschrei,
Und sieht seinen Helm sie nicht blinken?
Im Walde nur singt auf der Wiese die Fei,
Ein Stern thät niedersinken.

Der Morgen graut, die Welt ist so leer,
Die Welt ist voll Herzeleide.
Wen tragen auf langen Spießen sie her.
Sie fanden ihn tot auf der Heide.

Papst Clemens II.

Svidigerus Meinsdorpe, nobilis Cimber, Henrici II. Imperatoris Cancellarius, Episcopus et tandem Pontifex, sub nomine: Clementis II. Obiit. A. Chr. 1048.

(Heinrich Rantzau 1594.)

In Meinstorf[1] reiten aus dem Turm
Zwei Jäger frisch wie Frühlingssturm.
Kein Juchen der Piqueure schallt,
Und keine Doppelbüchse knallt.
Es jagt kein Feld von roten Röcken,
Kein Treiber lärmt mit Ruf und Stöcken,
Hell nur im Wald giebt Hals die Meute,
Und bricht durch Dickicht und Gereute.
Und hinterher in scharfer Pace,
Den Zügel fest, fest im Gesäß,
Die beiden blonden Sachsenknaben.

Hep Hussah über Zaun und Graben,
Durch Brombeerstrauch und Dorngeflecht,
Der Edelinge und sein Knecht.
Wo blieb der Keiler?

Klageton?
Hat ihn gedeckt die Meute schon?
Neun Packer hat er abgeschlagen,
Und immer weiter geht das Jagen.
Zuletzt verliert sich das Geläut
In Bruch und Moor und Schilfgestäud.
Der Keiler nahm das Wasser an,
Svidger und Burvin sind heran.
Und nun ein köstlich Bild zum Malen:
Voran der Keiler, hinterher
Die Rüdenhunde, dann mit Speer
Und Pfeilen Burvin, Svidiger,
Das Alles kreuzt die stille Flut
Zur Mittagstund in Sonnenglut.
Und voll Entsetzen schwimmt der Keiler,

Ein prächtig schöner Wellenteiler,
Voll Gier und Mordsucht dann die Rüden,
Die Hengste dann, die schon ermüden.
So schaufelt emsig fort die Hetze,
Es jauchzen Svidger und Burvin,
Bis endlich unsichtbare Netze
Die Pferde in die Tiefe ziehn.
Nun schwimmen selbst die Jagdgenossen,
Die gelben Locken seeumflossen.
Doch auch die stärkste Reckenkraft
Erlahmt am Ende und erschlafft,
Und gerade war es Zeit zum Landen,
Eh' Sinn und Armkraft ihnen schwanden.
Nun ruhn sie matt auf weißem Sand
In König Buthus Heidenland,
Wo unbarmherzig jeder Christ
Dem Götzengott verfallen ist.

Der Priester steht am Steinaltar,
Das Tamtam dröhnt, die Menge schreit,
Den beiden Christen fällt das Haar,
Das Opfermesser ist bereit.
Auf scharlachrotem Thron schaut zu
Die schöne Tochter von Buthu.
Die braunen Augen sehen schmerzlich
Auf Svidiger, den blonden Sachsen,
Und Siva liebt ihn, liebt ihn herzlich,
Und ihre Liebe ist im Wachsen.
Auf Knieen fleht sie schluchzend an
Den König, bis er sich besann,
Und beiden Freiheit hat und Leben
Und sicheres Geleit gegeben.
Bekannt ist ja die Urgeschichte,
Auf die füglich ich hier verzichte,
Die wir in Märchen, Chronik, Sagen
Oft schon gelesen mit Behagen.
Genug – auf einem Einbaum fahren
Svidger und Burvin jede Nacht

In Sternenglanz und Mondespracht
Entgegen tötlichen Gefahren.
Burvin hält Wache, und Svidger
Säumt an des holden Mädchens Brust,
Und es vollzieht sich unbewußt
Des Rätsels stete Wiederkehr. –
Ganz leise dröhnt das Tamtam her,
Im Schloßhof flammen Opferfeuer
Grell um das Götzenungeheuer,
Und werfen Lichter weit umher.
Doch süß und sanft umrauscht der Wald
Sivas und Svidgers stille Laube,
Wo sich die weiße Slaventaube
Schmiegt an die deutsche Kraftgestalt. –
Doch bald entdeckte das Cziliester,
Des grausen Götzen Oberpriester.
Und weiter folgt die Urgeschichte,
Auf die füglich ich hier verzichte,
Die wir in Märchen, Chronik, Sagen
Oft schon gelesen mit Behagen.
Genug – als Svidger und Burvin
Jüngst wieder durch die Fluten ziehn,
Beim Christengott, wen finden sie,
Beschützt von Schilf und Wasserlilien?
Sein Mädchen, das die Wellen wiegen,
Und Svidgers junges Herze schrie.

Ein Priester kniet im alten Bremen
Im Dome vor der Jungfrau rein,
Es flicht ein Kranz von Diademen
Um ihre Stirn den Heiligenschein.
Wie kühl der Priester, ein Ascet,
Der vor ihr liegt im Bußgebet.
Ernst blieb er auch, und finster, tief,
Als Kaiser Heinrich ihn berief
Zu seinem Kanzler, seinem Rat,
Zum Herzog gut, zu mancher That.
Zum Bischof macht der Kaiser ihn

Von Bamberg, mit ihm zog Burvin,
Der immer brav an seiner Seite
Im Leben gab ihm das Geleite.
Und endlich ist er Papst geworden,
Der Sachse aus dem Nebelnorden.
Doch liebten ihn die Welschen nicht,
Zu deutsch und ernst war sein Gesicht.
Sie haßten ihn, sein blondes Haar,
Sein treues, blaues Augenpaar.
Und gaben endlich dann ihm Gift,
Wie Pergament erzählt und Schrift.
Und als der Todesengel kam,
Und Svidigerus Abschied nahm,
Da sieht er noch den großen See,
Und fühlt ein letztes tiefes Weh:

Ganz leise dröhnt das Tamtam her,
Im Schloßhof flackern Opferfeuer
Grell um das Götzenungeheuer –
Doch heimlich rauscht das Gipfelmeer.

Wie Jedem, schließt die letzte Stunde
Liebreich auch ihm die letzte Wunde.
Und im Verklingen des Geläuts
Schlägt Burvin über ihm das Kreuz.

Fußnoten

1 Meinstorf bei Plön in Holstein.

Und ich war fern

Es hat mich ein Traum aus dem Schlafe geweckt,
Und schwarze Blumen ums Bett mir gesteckt.
Ich sah dich krank und im Fieber liegen,
Und sah deine Lieben sich über dich biegen.
Du riefst meinen Namen, und ob ich nicht käme,
Und dich wie sonst in die Arme nähme.
Im Zimmer suchte ein Auge nach mir,
Und suchte voll Liebe: ach, wärest du hier.
Und ich war fern.

Und wieder hat mich ein Traum geweckt,
Und schwarze Blumen ums Bett mir gesteckt.
Du lagst ohne Sprache, umringt von den Deinen,
Ich hörte sie schluchzen, ich hörte sie weinen.
Es tastet nach mir deine Hand auf der Decke,
Daß ich sie zum Letzten mit Küssen bedecke.
O Liebster, O Liebster, zum Abschied die Hand –
Auf Halbmast fielen die Fahnen im Land.
Und ich war fern.

Und wieder hat mich ein Traum erschreckt,
Und schwarze Blumen ums Bett mir gesteckt.
Im Saale standen erloschene Kerzen:
Ach, wär ich gestorben an deinem Herzen.
Ich sah deinen Sarg und hörte die Glocken,
Ich fühlte wie mir die Pulse stocken.
Es folgte im Zuge die ganze Welt,
Aus Liebe, aus Liebe zu dir gesellt.
Und ich war fern.

Der rote Mantel

Nis Hinrichsen von Heistrupgaard,
Der Hardesvogt von Bülderupgaard,
War klug und wahr im Rate.
Sein Hengst sprang zwanzig Ellen weit,
Gespickt mit Pfeilen war sein Kleid,
Am Sonntag Jubilate.

Der alte König Gorm ist tot,
Da war im Reiche große Not,
Wer soll nun König werden.
Den Jüngsten, Gilm, liebt Volk und Land,
Der Andre, Skjalm, ist unbekannt,
Der schweift umher auf Erden.

Doch als er hört des Königs End',
Flugs hat er auch die Stirn gewend't,
Und ist zu Haus schon heute.
Der Jüngste aber schreit ihn an,
Was willst du hier, du fremder Mann,
Dich kennen nicht die Leute.

Was, rief der Älteste mit Grimm,
Du Kobold, du, und das wär' schlimm,
Doch höre, was ich sage.
Nis Hinrichsen, wie dir bekannt,
Ist Vicekönig hier im Land,
Der schlichte unsre Klage.

Nis zog die Hakennase kraus
Und wettert zornig: Ei, der Daus.
Vor Ärger wurd' er gelbe.
Denn mach' ich Skjalm die Sache recht,
So mach ich Gilm die Sache schlecht,
Und umgekehrt dasselbe.

Der Teufel hol' den Kronenzwist,
Ich bitt' mir aus ein Halbjahr Frist,
Es wird vielleicht gelingen.
Stark füttern ließ er seinen Rock,
Und übte über Stein und Stock
Sein milchweiß Pferd im Springen.

In Urnehöved war die Wahl,
Es warten dort in Helm und Stahl,
Skjalm, Gilm, und ihre Ritter.
Nis kam und schrie von Weitem schon:
Gilm blieb im Land, dafür den Thron. –
Kehrt, fort wie Ungewitter.

Heraus die Plempen, schlagt ihn tot,
Brüllt heiser Skjalm, Schockschwerenot,
Und laßt die Pfeile schwirren.
Es braust die Jagd wie Wettergraus,
Doch Nis ist immer weit voraus,
Und läßt sich nicht beirren.

Heissa, in rasendem Galopp,
Ein Wagen wegquer, drüber, hopp,
Es zaudern schon die Letzten.
Sein dicker roter Mantel bläht,
Von tausend Pfeilen übersät,
Weit ab die Hund', die hetzten.

Den roten Mantel hing er auf
An einer Marmorsäule Knauf
In hohen Tempelhallen.
Mein Urgroßvater fand ihn noch,
Ich sah von ihm kein Ösenloch,
Er ist in Staub zerfallen.

Bruder Liederlich

Die Feder am Sturmhut in Spiel und Gefahren
Halli.
Nie lernt' ich im Leben zu fasten, zu sparen,
Hallo.
Der Dirne lass' ich die Wege nicht frei,
Wo Männer sich raufen, da bin ich dabei,
Und wo sie saufen, da sauf' ich für drei.
Halli und Hallo.

Verdammt, es blieb mir ein Mädchen hängen,
Halli.
Ich kann sie nur nicht aus dem Herzen zwängen,
Hallo.
Ich glaube, sie war erst sechszehn Jahr,
Trug rote Bänder im schwarzem Haar,
Und plauderte wie der lustigste Staar.
Halli und Hallo.

Was hatte das Mädel zwei frische Backen,
Halli.
Krach, konnten die Zähne die Haselnuß knacken,
Hallo.
Sie hat mir das Zimmer mit Blumen geschmückt,
Die wir auf heimlichen Wegen gepflückt,
Wie hab' ich dafür an's Herz sie gedrückt.
Halli und Hallo.

Ich schenkt' ihr ein Kleidchen von gelber Seiden,
Halli.
Sie sagte, sie möcht' mich unsäglich gern leiden,
Hallo.
Und als ich die Taschen ihr vollgesteckt
Mit Pralines, Feigen und feinem Confeckt,
Da hat sie von Morgens bis Abends geschleckt.
Halli und Hallo.

Wir haben süperb uns die Zeit vertrieben,
Halli.
Ich wollte wir wären zusammen geblieben,
Hallo.
Doch wurde die Sache mir stark ennuyant,
Ich sagt' ihr, daß mich die Regierung ernannt,
Kamele zu kaufen in Samarkand.
Halli und Hallo.

Und als ich zum Abschied die Hand gab der Kleinen,
Halli,
Da fing sie bitterlich an zu weinen,
Hallo.
Was denk' ich just heut ohn' Unterlaß,
Daß ich ihr so rauh gab den Reisepaß ...
Wein her, zum Henker, und da liegt Trumpf Aß.
Halli und Hallo.

Liebesnacht

Nun lös' ich sanft die lieben Hände,
Die du mir um den Hals gelegt.
Daß ich in deinen Augen finde,
Was dir das kleine Herz bewegt.

O sieh die Nacht, die wundervolle,
In ferne Länder zog der Tag.
Der Birke Zischellaub verstummte,
Hörst du den Nachtigallenschlag?

Der weiße Schlehdorn uns zu Häupten,
Es ist die liebste Blüte mir.
Trenn' ab ein Zweiglein eh' wir scheiden,
Zu dein' und meines Hutes Zier.

Laß, Mädchen, uns die Nacht genießen,
Allein gehört sie mir und dir.
Die Blüte will ich aufbewahren
An diese Frühlingsstunde hier.

Einer Toten

Ach, daß du lebtest.
Tausend schwarze Krähen,
Die mich umflatterten auf allen Wegen,
Entflohen, wenn sich deine Tauben zeigten,
Die weißen Tauben deiner Fröhlichkeit.
Daß du noch lebtest.
Schwer und kalt umsaugt
Die Erde deinen Sarg und hält dich fest.
Ich geh' nicht hin, ich finde dich nicht mehr.
Und Wiedersehn?
Was soll ein Wiedersehn,
Wenn wir zusammen Hosianna singen,
Und ich dein Lachen nicht mehr hören kann?
Dein Lachen, deine Sprache, deinen Trost:

Der Tag ist heut so schön, wo ist Chasseur,
Hol' aus dem Schranke deinen Lefaucheux
Und geh' ins Feld, die Hühner halten noch.
Doch bieg' nicht in das Buchenwäldchen ein,
Und leg' dich nicht ins Moos und träume nicht.
Paß auf die Hühner und sei nicht zerstreut,
Blamir' dich nicht vor deinem Hund, ich bitte.
Und alle Orgeldreher heut verwünsch' ich,
Die luftgetragnen Ton von fernen Dörfern
Dir zusenden, ich seh' dann keine Hühner.
Und doch, die braune Heide liegt so still,
Dich hält ihr Zauber, laß dich nur bestricken.

Wir essen heute Abend Erbsensuppe,
Und der Margaux hat schon die Zimmerwärme.
Bring' also Hunger mit und gute Laune. –
Dann liest du mir aus deinen Lieblingsdichtern.
Und willst du mehr, wir gehen an den Flügel,
Und singen Schumann, Robert Franz und Brahms.
Die Geldgeschichten lassen wir heut ruhn.
Du lieber Himmel, deine Gläubiger

Sind keine Teufel, die dich braten können,
Und Alles wird sich machen.
Hier noch eins,
Ich that dir guten Cognac in die Flasche.
Grüß Heide mir und Wald und all die Felder,
Die abseits liegen und vergiß die Schulden.
Ich seh' indessen in der Küche nach,
Daß uns die Erbsensuppe nicht verbrennt. –

Daß du noch lebtest.
Tausend schwarze Krähen,
Die mich umflatterten auf allen Wegen,
Entflohen, wenn sich deine Tauben zeigten,
Die weißen Tauben deiner Fröhlichkeit.
Ach, daß du lebtest.

Sursum corda?

Was hemmst du, o Held, den Lauf deines Hengstes.
An den Sattelgurten rinnt ihm der Schweiß,
Sein Hals ist naß, die Flanken fliegen.
Aufs Kreuz ihm stützt du die Hand,
Und schaust zurück.
Die Feinde folgten dir wie die Wölfe dem Schlitten,
Schon sind sie nahe.
Was schaust du nach vorn,
Die Feinde kommen wie die Welle der Springflut,
Schon sind sie nah'.
Was schaust du nach allen Seiten hin,
Die Feinde blies der Wind aus allen Richtungen auf dich,
Schon sind sie nahe mit funkelnden Augen,
Siehst auf der Aegis du Gorgos schreckliches Haupt –
Und kein Ausweg.
Hörst du sie heulen, hörst du das Donnern der Hufe?
Und eh' einmal der gierige Geier über dir
Den trägen Flügel schlägt,
Haben dich tausend Pfeile durchbohrt,
Haben tausend Speere dein Herz zerstoßen.
Sursum corda!

Was hältst du, o Freund, die Hand deines Weibes.
Sie ruht weiß und kalt und tot, und so schwer,
Dein Kind liegt neben ihr im Sterben.
Du stützt das Haupt in die Hand,
Verzweiflungsvoll.
Wer wagt in deinen Kisten und Kasten zu wühlen.
Wehe dir Armen,
Die Gläubiger sind's,
Die ohn' Erbarmen Alles pfänden und nehmen,
Nichts bleibt zurück,
Ach, kleinste Erinnerungen selbst.
Hat Hochmut, Eitelkeit, hat Schuld und Unglück gestürzt dich.
Weltklug, das Eiseswort, kanntest du nimmer,
Doch, ohne weltklug zu sein, Freund, kommst du nicht durch –

Und kein Ausweg.
Hörst du sie zischeln, hörst du das Lachen der Menschen,
Und eh' einmal der erzene Künder über dir
Vom Turm die Stunde ruft,
Haben dich tausend Siebe zerspellt,
Haben tausend Zungen dein Herz zerstoßen.
Sursum corda?

Zwei Sterbende

Der eine hatte Geld und just genug,
Des Lebens Schwere ruhig zu ertragen,
Nach keinem Menschen braucht Mylord zu fragen,
Und keines Hospodaren Rock er trug.

Der andre trieb im Schweiße seinen Pflug,
Hoch wie die Wolken sah das Glück er jagen,
Auf jeder Rennbahn blieb zurück sein Wagen,
Statt Weines fand er nur den Wasserkrug.

Der erste sprach, als ihn der Tod umfing,
Und ihm den schwarzen Mantel überhing:
Ich sterbe gern, es rufen mich die Sterne.

Der zweite rief, als er die Augen schloß,
Und ihn die träge Welle überfloß:
Kein Eden will ich, ach, wie sterb' ich gerne.

Der Heidebrand

»Herr Hardesvogt, vom Whisttisch weg,
Viel Menschen sind in Gefahr,
Es breunt die Heide von Djernisbeg
Und das Moor von Munkbrarupkar.«
Schon steh' ich im Bügel, schon bin ich im Sitz,
In den Sattel springt der Gendarm wie der Blitz.
Just schlägt es im Städtchen Glock zwölfe,
Wir reiten als hetzten uns Wölfe.

Hier schläft ein Garten in Mitternachtruh',
Dort dämmert im Mondschein der Busch.
Und Felder und Wälder verschwinden im Nu,
Wir fliegen vorüber im Husch.
Und sieh, in der Ebne stäubt Funkengeschwärm,
Schon murmelt herüber verworrener Lärm.
Es gilt! Die Sporen dem Pferde,
Der Bauchgurt berührt fast die Erde.

Herunter vom Gaule, wir sind am Ort,
Und stehen in Rauch und Qualm.
Das Feuer frißt gierig: das Kraut ist verdorrt,
Vom Sommer vertrocknet der Halm.
Doch mitt' in der dampfenden Pußta, o Graus,
Steht hell in Flammen ein einzelnes Haus.
Und aus dem sengelnden Schilfe
Ruft's markerschütternd um Hilfe.

Sechshundert Mann gruben den Graben breit
Und geboten dem Feuer Haltein,
Sechshundert Mann sind zum Retten bereit
Und schauen verzweiflungsvoll drein:
Unmöglich ist es, zum brennenden Haus
Sich durchzukämpfen, vergeblicher Strauß,
Denn kaum sind im Torfe die Sohlen,
So rösten sie schon wie Kohlen.

Das Schreien wird schwächer, dann hat es ein End',
Die Kathe ist abgebrannt.
In der Heide züngelt es, zischelt und brennt,
Doch nur bis zum Grabenrand.
Im Osten zeigt sich ein purpurner Streif,
Auf Aehren und Blumen und Gras fällt der Reif.
Und ruhig im alten Bogen
Kommt die Sonne heraufgezogen.

Und nun heran! Wer hat es gethan,
Wer weiß wie das Feuer enstand.
Wer hat es entzündet mit flackerndem Span? –
Doch Niemand die Spuren fand.
Kein Junge hütete Kuh und Schaf,
Die Heide lag gestern im Sonntagsschlaf.
Und wie noch die Frage besprochen,
Da kommt was den Sandweg gekrochen.

Es humpelt heran ein kümmerlich Weib,
Sie stützt sich schwer auf den Stock.
Viel Jahre drücken den alten Leib,
Von Erde beschmutzt ist der Rock.
Das ist Wiebke Peters, und Wieb ist gefeit,
Der gehörte die Kathe, so ruft es und schreit.
Mit Jubel umringt sie die Menge,
Doch Wieb steuert aus dem Gedränge.

Und stellt sich gerade vor mir auf,
Und blinzelt hin übers Moor.
Und alle die Leute stehn zu Hauf,
Ein gestikulirender Chor.
So steht sie lange, ich lass' sie in Ruh,
Zuweilen schließt sie die Augen zu.
Ich kanns vom Gesicht ihr schon lesen:
»Herr Hardesvogt, ich bins gewesen.«

»Wiebke Peters, erzähle, was weißt Du vom Brand,
Wie kam das Feuer so schnell?«

Die Thränen fallen ihr auf die Hand,
Ihr Schluchzen klingt wie Gebell.
Dann wieder lacht sie vor sich hin,
Und ganz verwirrt scheint plötzlich ihr Sinn.
Und, wie nach genossener Rache,
Läßt sie höhnisch aus sich zur Sache.

»Die Kathe, in der ich geboren war,
Die abgebrannt diese Nacht,
In der hatt' ich an achtzig Jahr'
Mich mühsam durchs Leben gebracht.
Mein Mann starb früh, ein Sohn blieb nach,
Der ließ mich im Stich, als ich krank und schwach.
Oft hab' ich ihm bittend geschrieben,
Doch stets ist er weggeblieben.

Vergangen Jahr endlich kehrt' er zurück,
Und fordert, ich solle hinaus,
Und dann, ein altes, verbrauchtes Stück,
Verwelken im Armenhaus.
Ich bat die Gerichte, die halfen mir auch,
Zum Schornstein zog wieder der einsame Rauch.
Da kam nochmals vor einigen Tagen
Mein Sohn mit Weib und mit Wagen.

Und gestern, Herr, gestern um Mittagszeit
– Ich konnte doch nichts dafür,
Daß meinetwegen Zank und Streit –
Sie warfen mich aus der Thür.
Ich schlug mir die alten Knochen wund,
Und liegen blieb ich wie der Hund.
Dann trieb mich ein heißes Verlangen,
Und ich bin zu Nis Nissen gegangen.

Dort kauft' ich Zündhölzer, Petroleum,
Und ging aufs Feld hinaus.
Und als am Abend alles stumm,
Schlich ich mich an das Haus.

Ich horchte am Laden, an Ritz' und Spalt,
Daß Alles im Schlafe, ich merkt' es bald.
Und eh' sie erwachten beide,
Entzündete rings ich die Heide.

Vom Walde schaut' ich den Feuerschein,
Es lachte mir das Herz.
Den Angstruf hört' ich, das Hilfeschrein,
Es lachte mir das Herz.
Und als die Kathe zusammenschlug,
Meine Seele zum Himmel ein Amen trug.
Das, Herr, ist meine Geschichte,
Hier stell' ich mich dem Gerichte.«

Vier Augen sind im Wege

Der Panzer, den Graf Albrecht trug,
War schwer von Gold und Eisen.
Der Feind, den er zu Boden schlug,
Zum Teufel mußt' er reisen.
Sah sie vorbei den Ritter ziehn,
War jede Frau vernarrt in ihn.
Und jedes Auge taute,
Griff seine Hand die Laute.

Einst liebt' ihn eine Edeldam',
Im Schloß war Tanz und Prassen,
Und wollte, als er Abschied nahm,
Ihn nimmer ziehen lassen.
Doch er empfiehlt sich ehrfurchtsvoll,
Trotzt auch und grollt sie liebestoll.
Und jagt auf ihrer Stute
Ihm nach mit heißem Blute.

»Halt an, halt an! Graf Allbrecht mein,
Du hast mein Herz genommen,
Ich kann, ich will bei dir nur sein,
Laß Schmach und Schande kommen.
O, nimm mich auf dein Grauroß vorn,
Mit dir, mit dir durch Sturm und Dorn
Dein Helmbusch, sie mich flehen,
Soll um mein Blondhaar wehen.«

Graf Albrecht zog den Hengst steil an,
Und schaut das Weib von oben.
Doch hat er sie vom Sattel dann,
Vom Sattel nicht gehoben
Im Winde weht sein langer Bart,
Und finster spricht er, streng und hart:
Reit heim in dein Gehege,
Vier Augen sind im Wege.

Die schöne Burgherrin erblaßt,
Ihr Finger spielt am Zügel.
Den Goldfuchs wendet sie mit Hast,
Schon ist sie hinterm Hügel.
Es sieht der Graf ihr spöttisch nach
Und murmelt unterm Augendach:
Das traf das Herz ihr mitten,
Die kommt nicht mehr geritten.

Die Sommernacht liegt schwer und schwül,
Ein regungslos Erwarten.
Der Wittib ist zu heiß der Pfühl,
Ruhlos irrt sie zum Garten.
Und immer wilder wird ihr Sinn,
Zu ihm, zu ihm nur will sie hin.
Vier Augen sind im Wege,
So flüstert aller Stege.

Im Erker oben liegen weich
Zwei blondgelockte Knaben,
Die sich im Kinderhimmelreich
Zärtlich umschlungen haben.
O, Mutter, sieh dein Knabenpaar,
O, sieh das gelbe Ringelhaar,
Im Schlafe, wie sie glühen,
Gesund und frisch erblühen.

Zurück, was soll der Dolch, zurück –
Vier Augen sind im Wege.
Zurück, dort liegt dein einzig Glück –
Vier Augen sind im Wege.
Bei Jesus und Maria, halt!
Sie sticht – die Knaben werden kalt.
Zu gräßlich war die Sünde
Der Gräfin Orlamünde.

Sie wirft sich auf ihr rothes Roß
Im blutbefleckten Kleide.

Da sieht sie schon des Grafen Troß
Hinziehen durch die Heide.
»Halt an, halt an! Graf Albrecht mein,
Dein Herz, dein Herz wie Marmelstein,
Nun laß es menschlich pochen,
Vier Augen sind gebrochen.«

Graf Albrecht reißt den Hengst empor,
Entsetzt stand still sein Herze.
Dann beugt er sich zu ihrem Ohr
Und spricht mit grausem Scherze:
Unmenschlich Weib! Der Augen vier
Gehörten, meint' ich, mir und dir.
Und seine Eisen sanken
Dem Prunkroß in die Flanken.

Papst Gregor wohnt im großen Rom,
Sein Antlitz ist so milde.
Er betet heut im Petersdom
Allein zum Jesusbilde.
Wer sieht scheu sich im Tempel um,
Wahnsinnig und verzweiflungsstumm,
Wer ringt die weißen Hände,
Ach, daß sie Ruhe fände.

Sie sieht den Greis am Hochaltar
Unklar durch goldene Trallen,
Und ist mit aufgelöstem Haar
Zu Füßen ihm gefallen.
Er neigt ihr zu den alten Leib
So liebevoll: Was quält dich, Weib?
Es beichtet ihre Sünde
Die Gräfin Orlamünde.

Und lange schweigt der Papst Gregor,
Fern allem Erdenstrome.
Dann hebt die Frau sanft er empor,
Ein Engel singt im Dome:

126

Es ließ der Herr den Frevel zu,
Er gebe Frieden dir und Ruh.
Von Gregors Arm umfangen,
Ist sie zu Gott gegangen.

Hartwich Reventlow

(1315.)

Graf Alf hat deine Tochter verführt.
Das bringt dem Bruder Herr Caj.
Herrn Hartwich das die Kehle schnürt,
Bis ihn erlöst ein Schrei.

»Geh' hin, lieb Bruder, dem Grafen meld' an,
Und sag's in die Augen ihm frei:
Ich mord' ihn, wo ich ihn treffen kann,
Und wann auch immer es sei.«

Caj ritt den Burgberg schnell hinauf,
Und schlägt an's eiserne Thor:
He, Pförtner, schließ' die Riegel auf,
Und laß mich beim Grafen vor.

»Was schwatzt Herr Hartwich? So sag' ihm zurück:
Das nenn' ich Meuterei.«
Graf Alf hielt in den Fingern ein Stück,
Das Stück war der Kopf von Caj.

Auf güldener Schüssel, mit Blut benetzt,
So trug ihn ein Knecht hinaus.
Herr Hartwich taumelt und ruft entsetzt:
Verflucht sei Graf Alf und sein Haus.

Herr Hartwig ging im Sommerwald,
Frühmorgen war's, um drei.
Da traf er einen Jäger bald,
Der trug des Grafen Livrei.

»Die Kleider zieh' aus, und gieb sie mir her,
Sonst spann' ich dich in den Block.«
Der gab ihm zitternd Horn und Speer,
Und gab ihm seinen Rock.

Im Walde zog ein Hirsch vertraut,
Ein Hirsch mit starkem Geweih.
Vor des Grafen Kammer wird es laut,
Der hat in den Lidern noch Blei.

»Graf Alf, es zieht im Morgenrot
Ein Hirsch. Wach auf, wach auf.«
Herr Hartwich stieß den Grafen tot:
»Nimm du zur Hölle den Lauf«.

Der Page sah's, Herrn Hartwichs Sohn,
Er stund wohl nah dabei:
»Maria sah's vom Himmelsthron,
O Vater, daß Gott dir verzeih.«

Er küßt seinen Knaben mit wildem Schmerz,
Dann starb am Himmel ein Stern.
»Nun schilt dich nimmer ein Menschenherz
Verräther deines Herrn.«

Stolz schreitet der Ritter den Burgberg hinab,
Ein Schäfer blies auf der Schalmei.
Vier Mönche murmeln am Marmorgrab,
Und draußen lachte der Mai.

Auf dem Deiche

1.

Es ebbt. Gemach dem Schlamm und Schlick umher
Entragen alte Wracks und Besenbaken,
Und traurig hüllt ein graues Nebellaken
Die Hallig ein, die Watten und das Meer.

Der Himmel schweigt, die Welt ist freudenleer.
Nachrichten, Teufel, die mich oft erschraken,
Sind Engel gegen solchen Widerhaken,
Den heut im Herzen wühlt ein rauher Speer.

Wie sonderbar! Ich wollte schon verzagen
Und mich ergeben, ohne Manneswürde,
Da blitzt ein Bild hervor aus fernen Tagen:

Auf meiner Stute über Heck und Hürde
Weit der Schwadron voran seh' ich mich jagen
In Schlacht und Sieg, entlastet aller Bürde.

2.

Bist du es wirklich, sitz' ich neben dir,
Und stoßen aneinander unsre Gläser,
Spielt irgendwo versteckt ein Flötenbläser
Sein sanftes Schäferstückchen, dir und mir?

Und sitzen in der alten Halle wir,
Am Pfeiler dort der Kranz der Aehrenleser,
Noch unverwelkt die Blumen und die Gräser,
War gestern unser letztes Erntebier?

Wie Gruß aus Grüften ruft der Regenpfeifer
Häßlich herüber schreit das Möwenheer,
Der seeenttauchten Bank Besitzergreifer.

Langweilig, öde, gleißt das Wattenmeer,
Gezwungen schläft das Schiff, der Wellenschweifer,
Und einsam ist die Erde, wüst und leer.

3.

Wie klar erschienst du heute mir im Traum,
Wir saßen in der Kneipe fest und tranken,
Bis wir gerührt uns in die Arme sanken,
Auf unsern Lippen lag der erste Flaum.

Dein falber Wallach schleifte Zeug und Zaum,
Und biß und schlug und warf den Hals, den schlanken.
Im Sattel, sah ich dich, erschossen, schwanken,
Und hinstürzen am wilden Apfelbaum.

Die Watten stinken wie das Leichenfeld,
Wo viel Erschlagne faulen nach der Schlacht,
Tagüber sonnbeschienen ohne Zelt.

Geheimnißvoll, wie tot in Bann und Acht,
Sinkt, grau und goldumhaucht, die Halligwelt,
Und aus der Abendröte steigt die Nacht.

4.

(Begegnung.)

Halt, Mädchen, halt! und sieh dich um geschwind,
Viel Schiffe schaukeln westwärts durch die Wellen,

Viel hundert bugumspritzte Sturmgesellen,
Hengist und Horst befahlen Weg und Wind.

Du lachst mich aus und zeigst dich völlig blind,
So mögen aneinander sie zerschellen.
Hier aber blitzen Fliegen und Libellen,
Verzieh ein Stündchen, frisches Friesenkind.

Auch uns hat heut der Juni eingewiegt,
Und Schmetterlinge selbst, die Gauklerbande,
Sind durch die Frühlingsstürme nicht besiegt.

Auch hier ein Sommertag, an diesem Strande,
Wo alles schwirrt und flirrt und flitzt und fliegt,
Aus Freude flimmert selbst der Stein im Sande.

5.

(Dezember.)

Von Norwegs Felsen klingt es zu mir her,
Ein Lied so rührend und im Klang so leise,
Wie Sommerwellgespül dieselbe Weise;
Ein armer Geistgetrübter singt so schwer.

Ein junger blonder König steht am Speer,
Auf rotem Vorsprunggriff, um ihn im Kreise
Kauern, das Haupt zur Erde, hundert Greise;
Er singt das Lied und schaut hinaus ins Meer.

Lautlose Stille rings. Von Zeit zu Zeit
Tutet das heisere Horn der Küstenwachen,
Der Rabe macht entsetzt die Flügel breit.

Weit, weit antwortet wo der Fischernachen,
Der sich im Nebel schwer vom Eis befreit,
Schollen, die knirschen und ihn wüst umkrachen.

6.

(Einsamer Baum.)

Funkelt dort die Säulenfronte,
Ueberdacht von einer Pinie?
Einsam, fern am Horizonte,
Fern am Deich, der blassen Linie,
Steht ein Bäumchen, krank und ruppig,
Ohne Blätter, ohne Nest,
Schwarz vom Seesalz, kraus und struppig,
Arg zerzaust vom ewigen West.

Einmal ist er grün geworden,
Als ein heißes Land im Süden
Sandte seinen Gruß nach Norden,
Kuß und Trost dem Lebensmüden.
Einmal blühten seine Zweige,
Einmal zog ein Cymbelzug,
Als in roter Sonnenneige
Dort ein Herz am andern schlug.

Leise kam die Flut gezogen,
Trümmer hob sie von den Watten,
Dunkle Halligwerften trogen,
Todesfeuchte Kasematten.
Durch die Luft, wie müde Greise,
Schleppt ein weiß Gewölke sich,
Abgemattet von der Reise,
Marsch aus fremdem Himmelstrich.

Bleicher Stern im Wolkenspalte,
Wild phantastische Gebilde,
Menschen, nordisch nüchtern kalte,
Odins Schwert und Asenschilde.
Hohe Flut, gelispellose,
Spielt heraus zu Deich und Baum.

Meine blasse Küstenrose
Lehnt an mir, ein süßer Traum.

Nun von meinem Fenster seh' ich
Oft den Baum mit toten Zweigen.
Unter seinen Ästen steh' ich
Oft im tiefen Winterschweigen.
Oft, ich halt' des Hutes Krempe,
Freut mich dort der Wetterstreit,
Singt der Sturm, der rasche Kämpe,
Grenzenloser Einsamkeit.

Rondel

Rötliche, schimmernde, krausliche Haare
Spielen im Wind mir um Schläfen und Ohr.
Frühling ist's, bald kommen grämliche Jahre.
Rötliche, schimmernde, krausliche Haare,
Sind eine preisliche, köstliche Ware,
Kaufe sie rasch dir, du närrischer Thor.
Rötliche, schimmernde, krausliche Haare
Spielen im Wind mir um Schläfen und Ohr.

Sieh meine blaugrauen lustigen Augen,
Wie sie sich sehnen nach seliger Stund.
Wollen zur Liebe, zur Liebe nur taugen,
Sieh meine blaugrauen lustigen Augen,
Süßeste Liebe nur wollen sie saugen.
Küsse mich, küsse mir Augen und Mund.
Sieh meine blaugrauen lustigen Augen,
Wie sie sich sehnen nach seliger Stund.

Breite um Nacken und Hals mir die Arme,
Lege dein Haupt an die klopfende Brust.
Daß ich an deinem Herzen erwarme,
Breite um Nacken und Hals mir die Arme,
Siehst du nicht, daß ich vergeh' im Harme
Mächtiger Sehnsucht nach Liebe und Lust.
Breite um Nacken und Hals mir die Arme,
Lege dein Haupt an die klopfende Brust.

Verbannt

Gleichviel weßhalb, ich bin's, ich bin verbannt
Auf eine kleine, deichumrahmte Insel.
Weit liegt mein walddurchrauschtes Vaterland.
Hier schleicht und kriecht das Wattenmeergerinsel
Durch Schlick und Schlamm, ein schmutzig gelbes Band.
Poltert der Sturm nicht, nörgelt Windgewinsel.
Ich seh' die Sonne Morgens Wasser trinken,
Und Abends wieder in die Wogen sinken.

Der Reiher, dem das Nest zerschossen wird,
Er baut sich an im ersten besten Walde.
Der Flüchtling, der von Land zu Ländern irrt,
Erreicht vielleicht noch eine grüne Halde,
Wo süß und sanft die Friedenstaube girrt,
Und er die reichste Ruhe findet balde.
Verdammt bin ich auf dieses öde Eiland,
Ich gab mein Wort: es ist für mich kein Freiland.

Zwar hab' ich sonst, was nur das Herz begehrt,
Cigarren, Bücher, Schreibpapier und Tinte.
Auch ist die Seehundjagd mir nicht verwehrt
Und was an Vögeln fliegt in meine Flinte.
Jedwede Woche kommt ein Schiff, beschwert
Mit Briefen, Packen, Zucker, Öl, Korinthe.
Erst gestern aß ich ein Diner von Pfordte,
Und, hinterher, von Kranzler ein Stück Torte.

Wie muß, heimdenkend, oft am Deich ich lehnen,
Mir jedes ferne dunkle Pünktchen buchend.
Gleich Iphigenie, mit endlosem Sehnen,
Das Land der Griechen mit der Seele suchend.
Kein Schiff in Sicht, nur rege weiße Mähnen,
Und ich entferne mich, den Tag verfluchend.
Es rötet die Erinnerung neuer Rost.
Ein letzter Blick aufs Meer und – ah, die Post:

Im Osten, weit, noch hinterm Horizonte,
Wenn dies Paradoxon vielleicht erlaubt ist,
Zeigt sich ein Rauch gleich einer Nebelfronte,
(Verzeihung für das Wort, das sehr geschraubt ist.)
Doch näher, wie bestimmt ich sehen konnte,
Erscheint ein schwarzer Schornstein, der behaubt ist.
Und dauert auch noch Stunden seine Fahrt,
Bald liegt mein Schiff im Hafen wohlverwahrt.

Was bringt die Post, was kann sie Alles bringen,
Trübsal und Trost, Freud', Bettelbrief und Trauer.
Heut eine Nachricht, daß wir überspringen
Im Jubelrausch die allerhöchste Mauer.
Kann sein, daß morgen wir die Hände ringen,
Mißlaunig sitzen wie der Kauz im Bauer.
Das Erste ist die Prüfung der Adressen,
Den lesen gleich wir, jenen nach dem Essen.

Es brachte mir die Post heut Allerlei:
Die Rundschau, Magazin und Nord und Süd,
Kaluga's Fahrt vom Ob zum Jenisei;
Daß mir zwei Füllen fielen im Gestüt.
Ein Freundesbrief klang frisch und kummerfrei,
Ein andrer trostlos, trüb und wegesmüd.
Auch sandte mir ein Los Herr Lilienfeld
Mit sichrer Aussicht auf ein Heidengeld.

Ganz unten lag ein rosenrot Couvert,
Mit Monogramm X.Z. und sieben Zinken.
Ich wußte, daß genannt er Adalbert,
Sie konnte mit dem Namen Laura blinken.
Essence d'Ixora war dem Brief Gefährt',
Ihr Händchen wollte mir entgegenwinken.
Ein Blatt zwar hab' ich nur mit ihren Zügen:
»Die Eltern hätten heut gern das Vergnügen ...«

Der Abend wurde mir verhängnißvoll,
Zu reizend war die kleine Baronesse.

Ich liebte bald wie rasend sie und toll,
Auch zeigte sie mir mehr als Politesse.
Doch wurde aus dem Duraccord ein Moll,
Aus dunkeln Rosen bog sich die Cypresse.
Das Ganze zwängt sich in das Wort hinein
Aus Scheffels Lied: Es hat nicht sollen sein.

Ich glaubte glücklich sie mit ihrem Mann,
An den sie nun zehn Jahr gekettet war.
Aus ihren Zeilen, ach, erfuhr ich dann,
Wie schlecht das arme Weib gebettet war.
Daß ein Verschwender er und Haustyrann,
Aus dem Concurse nichts gerettet war.
Wie herbe schrieb sie diese harte Prosa,
Und doch wie zart und vornehm und sub rosa.

Im Leben mag's zum Schwersten wohl gehören,
Aus Glanz und Reichtum plötzlich arm zu werden.
Wie muß es unser Innerstes empören,
Wenn Hinz und Kunz wir sehn auf unsern Pferden,
Wenn Hinz und Kunz uns unser Heim zerstören,
Den Rest uns nehmen, was uns lieb auf Erden.
Und dann, wenn Alles auseinander stiebt,
Den anzuflehen, den wir einst geliebt.

Genug, genug. Wir alle danken Gott,
Wenn wir zur schnellen Hülfe Mittel haben.
Nahm wer, wir helfen auf und machen flott,
Im Lebenssteeplechase zu kurz den Graben,
Und lassen dann ihn ohne Hohn und Spott,
Und ohne viel zu fragen, weiter traben.
Punkt. Lack, so rot wie'n Krebs ein gut gekochter.
Und in die Thüre trit Thay Thaysen's Tochter.

Thay Thasen's hübsches achtzehnjährig Kind
Muß mir den Thee bereiten, Kaffee kochen,
Flickt meine Wäsche, stärkt mich mit Absinth,
Will mich ein Hungermangel unterjochen.

Sie stäubt den Schreibtisch ab, mein Kleiderspind,
Und dient mir so seit vier und zwanzig Wochen.
Entlassen mußt' ich meinen Kammerdiener,
Ihm schmeckte gar zu schön mein Benediktiner.

Thay Thaysen ist mein Hausvogt, Moiken's Vater.
Er lehrte früh sie jede Fischerregel.
Beim Krabbenfangen ist er Schlickdurchwater,
Wie er hantiert auch sie mit Seil und Segel.
Was immer für sie thun er konnte, »that er,«
Doch las er nicht mit ihr Horaz und Hegel.
Für meine Einsamkeit ganz wie geschaffen,
Mußt' ich in Moiken mählig mich vergaffen.

Ich liebe sehr die kühne Reigerbeize,
Zur Seiten einer wunderholden Frau.
Dornhecken über ohne viel Gespreize,
Hep! über Gräben, Hürd', Verhack, Verhau.
Das Alles hat ja ganz besondre Reize:
Die schöne Frau, die Falken, Himmesblau.
Zum Wechsel doch einmal in vollen Zügen
Ein Fischermädel lieben, macht Vergnügen.

Komm' ich vom Entenschießen müd' zurück,
Eilt Moiken auf der Werfte mir entgegen,
Nimmt mir das Jagdgerät ab, Stück für Stück,
Um dann die Jägersuppe vorzulegen.
Aus allen Ecken lacht mich an das Glück,
Ich muß das Mädchen still am Herzen hegen.
Mit Halligblümchen schmück' ich ihr die Brust,
Die Blumen küss' ich dann nach Herzenslust.

Wir plaudern Abends häufig am Kamin,
Moiken erzählt mir Inselmärchen, Sagen,
Ich ihr von Wien, Turin, Dublin, Berlin,
Sie wieder mir von Flut und Sturmestagen.
Erschreckt stützt sie die Händchen auf die Knie',
Meld' ich von Schlacht und wildem Rossesjagen.

Zuweilen les' ich ihr Gedichte vor,
Doch hört sie lieber von der Garde du Corps.

Wie reizend ist's, bestaunt sie meine Sachen,
Denn Alles ist ihr neu noch und ein Wunder.
Sie sah bisher nur Netz und Fischernachen,
Den Seehund, Flut und Ebbe, Dorsch und Flunder.
Wie freut sie sich, wie lieblich ist ihr Lachen,
Schenk' ich ein Stückchen ihr von all dem Plunder.
Von Büchern liebt sie nur die schönen Bände,
Und läßt von alten Tröstern gern die Hände.

Mein Platen ist zum Beispiel gut gebunden,
Den hat sie sich zum Lesen auserkoren.
Neulich hab' ich im Grafen sie gefunden,
Mit ihren Fingern schloß sie sich die Ohren.
Doch schien ihr die Lektüre nicht zu munden,
Wahrscheinlich ging der Faden ihr verloren.
Hier, Moiken, hier, nimm: Hannchen und die Küchlein.
Das ist für dich ein allerliebstes Büchlein.

Wie schätz' ich Platen, seine Prachtsonette,
Wie dank' ich Geibel, daß sein schönstes Lied
Ihn feiert: wundervoll sind die Terzette,
Durch die sein roter Zornesfaden zieht.
Platens Balladen sind zwar sehr honette,
Doch ohne Funkelfeuer, Kolorit.
Bei Bürger, Strachwitz, Uhland, Dahn, Fontane,
Wie scheint und schimmert die Balladenfahne.

Die Worte: Busen, duften, kosen, wallen,
Sind alte deutsche Worte, schön, verstehlich.
Der Dichter bringt sie gern in ganzen Ballen,
Aus unsrer Sprache sind sie unverwehlich.
Wie kommt es, daß sie nimmer mir gefallen,
Ich finde scheuslich sie, ganz unausstehlich.
Um meinen Busen kosen Moiken's Locken,
Und wallen, duftend, dann ihr ans die Socken.

Wall»e»t das Haar auch, duftend, auf die Socken,
Nicht kos»e»t mehr ihr Busen an dem meinen.
Im Gegenteil, ihr Busen wallt erschrocken,
Und ach, die süßesten der Augen weinen.
Ihr Herzchen wallt, doch nicht wie Abendglocken,
Es wallt wie Sturm das Herzchen meiner Kleinen.
In ihres Busens tief geheimster Bucht
Verankerte sich grimme Eifersucht.

Mein gutes Mädchen, sei mir nicht mehr böse,
Daß ich dich, wie du meinst, geärgert habe.
Näh' freundlich wieder Knöpfe mir und Öse,
Durchkrame wieder meine ganze Habe.
Du weißt, ich bin zuweilen sehr nervöse,
Sei wieder gut, sonst schelt' ich noch im Grabe.
Acht Tage sind es her, das fort die Truppe,
Und ausgelöscht die letzte Lampenschnuppe.

Ich hatte Komödianten kommen lassen,
Um mir die Zeit ein wenig zu verkürzen
Und meinen treuen biedern Wassersassen
Einmal den rauhen Seemannstag zu würzen.
War das ein Jux und Jubel, kaum zu fassen,
Ich sah sie lachend sich entgegenstürzen.
Den angekommnen Künstlern eine Strecke,
Nur Moiken schielte schüchtern um die Ecke.

Der Herr Direktor war ein alter Mann
Mit weißem Haar und dicker roter Nase.
Die größten Mimen that er in den Bann,
Was waren Devrient und Friedrich Haase.
Als Gast war er sogar in Ispahan,
Sprach er von dort, geriet er in Extase.
Sehr abgeschabt war des Direktors Rock,
Des Abends trank er dreizehn Gläser Grogk.

Die Frau Direktor, eine kleine Dame
Von sechzig Lenzen und vielleicht darüber,

War einst gefeiert, ein berühmter Name,
Bis mählig trüber ward ihr Stern und trüber,
Bis ihr das Leben gab, das mühesame,
Das Leben, ach, zu viele Nasenstüber
Am Tage stand am Herd sie, wusch und nähte,
Am Abend spielte sie die Margarete.

Liebhaber Nummer Eins, er hieß Maresche,
War Heldenvater auch und Intriguant.
Liebhaber Nummer Zwei, er hieß Manesche,
War noch ein junger siebzehnjähriger Fant.
Nicht immer trugen sie die reinste Wäsche,
Doch waren sonst sie fein und elegant,
Ergötzten beide, ging der Vorhang nieder,
Das Publikum durch Anekdoten, Lieder.

Natürlich fehlte auch nicht die Soubrette,
Sie war ein junges allerliebstes Ding.
Tagüber lag sie freilich gern im Bette,
Wenn ihr das Leben nicht nach Laune ging.
Zuweilen sangen wir bei mir Duette,
Es war für Schumann ihr Talent gering.
Doch sang sie aus dem Troubadour und Carmen,
War sie zum Küssen niedlich und Umarmen.

Nun sitzen beide wieder wir alleine,
Sei, Moiken, artig, so, gieb mir die Hand.
Auf dieser Insel bin ich ganz der deine,
Wo uns so manche schöne Stunde schwand.
Und bin auch einst ich ferne, liebe Kleine,
Ich denke oft zurück an unsern Strand.
Hör', wie der Sturm die alte Werft umbraust,
Und wie die riesigen Eschen er zerzaust.

Hier fand ich Ruhe, die nicht ich gefunden
Im Treiben der Gesellschaft, in den Schenken.
Hier fand ich Ruhe, um in vielen Stunden
In unsre Dichter ganz mich zu versenken,

Von alten Wunden endlich zu gesunden,
Vergangnes Leben ernst zu überdenken.
Viel Glaube stirbt, manch Vorurteil zerschellt
In tiefer Einsamkeit, weitab der Welt.

Bin ich entfesselt der Verbannungsbande,
Leuchtet zurück vom Heimatufer mir
Die Fackel, hoch auf rotem Felsenrande,
Ich will ins Meer mich stürzen voller Gier
Und schwimmen, bis ich bin im Vaterlande,
Wo mich umrauscht das alte Reichspanier.
Heiß küssen will ich, heiß, den heiligen Boden,
Zum Orkus trümmern meine Traueroden.

Schelt' ich den Diener, daß ich nicht am Bette
Den Siphon fand, trank ich zu viel Likör;
Zerstreu' ich mich heut Abend am Roulette
Und Morgen auf dem Ball beim Gouverneur;
Hält wieder mich im Zaum die Etiquette,
Die große Stadt und all ihr Zubehör;
Dann denk' ich oft zurück im Tageslaut
An meine süße kleine Fischerbraut.

An jene Tage, als mit meiner Bracke
Jagend ich einsam durch die Watten schlich,
Von eines alten Räuberturmes Zacke
Ringsum ersah den letzten grauen Strich
Endlosen Wassers, aus dem schwarze Wracke
Bei tiefer Ebb' aufragen trotziglich.
An jene Zeit, als mir am Herzen traut
Ein Mädel lag, die kleine Fischerbraut.

Ein Geheimnis

Vier edle Füchse nicken mit den Köpfen,
Daß Brust und Hals und Mähnen, Zaum und Zügel,
Mit weißen Schaumgeflock getigert sind.
Die feinen Hufe scharren ungeduldig,
Den leichten Wagen, dem sie vorgespannt,
Durch weite Strecken mühlos fortzureißen.
Am offnen Schlage steht der Groom und wartet.

Die Thür des Schlosses öffnet ihre Flügel.
Und tiefgebeugter Dienerschaft vorüber
Betritt, des linken Handschuh Knöpfe schließend,
Ein großer Mann mit kurzem, braunem Vollbart,
Die Marmortreppe, steht, und steigt hinunter.
Die Haare deckt ein alter grauer Filz,
Geschmückt mit unscheinbarer Sperberfeder.
Gewehr und Tasche liegen schon im Sitz.
Der Hühnerhund springt bellend auf die Polster.
Und fort, als gält' es eine Siegesbotschaft,
Entstürmt dem Halt in Hast der Viererzug.

Dem Jäger schaut vom hohen Fenster nach
Ein stolzes, blasses, üppig großes Weib:
»Wenn ich nur wüßte, was ihn immer drängt,
Auf jener magern Heidewelt zu jagen.
Wenn einmal nur er fragte: Willst du mit?«
Und traurig läßt sie sich im Sessel nieder,
Die stillen Augen mit den Händen deckend.
Doch keine Thräne tropft ihr von der Wimper.

Indessen rollt der Wagen seinen Weg,
Und rollt und rollt drei Stunden durch die Felder
Im immer gleichen, schlanken, schnellen Trab.
Und Nord und Süd, so weit das Auge reicht,
Und West und Ost in unbegrenzter Ferne,
Gehört dem Jäger, der im Wagen sitzt,

Und freundlich rechts und links den Bauern dankt,
Wenn ehrerbietig sie die Mützen rücken.

Vor einem Heidkrug hält das Viergespann.

Die Büchse umgehangen, schlendert nun
Allein der Jäger durch das braune Kraut.
Feldmann hat Hühner in der Nase; steht.
Doch hinter ihm blitzt kein Gewehr heran.

Am Waldrand weilt der Mann vor einem Häuschen,
Bei dessen Thür ein kleiner Knabe spielt.
Und in die Arme nimmt er rasch den Jungen,
Und küßt die Lippen ihm, die großen Augen,
Die wunderbaren, dunkelblauen Augen,
Von langen, schwarzen Wimpern scharf beschützt.
Und trägt ihn dann in's Haus.

Ein Mütterchen
Tritt ihm entgegen mit Bewillkommsgruß.
Bald sitzen sie vereint am Sofatisch.
Der Jäger schaukelt auf den Knie'n den Knaben,
Und lacht und scherzt, und läßt in seinen Taschen
Den Kleinen nach Bonbons und Spielwerk suchen –
Und sieht ihm immer in die großen Augen,
Die wunderbaren, dunkelblauen Augen,
Von langen schwarzen Wimpern scharf beschützt.

Und wieder rollt im Trab, diesmal zurück,
Der Viererzug. Und hält am Schloßportal.
Die stolze, blasse, üppig große Frau
Empfängt den Schloßherrn, kalt, in Balltoilette.
Rasch ist er umgekleidet. Beide fahren
Durch gaserhellte Straßen zur Soirée.

Der Jäger wird von Hunderten beneidet,
Die heute sich begrüßen in den Sälen,
Um seine stolze, wunderschöne Frau.

Er liebt sie nicht; ja, ihre sammtne Haut,
Erregt ihm Schauder schon, berührt er sie.

Einmal, fast laut, im Lärmen eines Toastes,
Eh' noch das Glas die Lippen ihm berührt,
Flüstert er wie zerstreut und abwesend:
Ach, süßes Herz, was gingst du fort von mir.
Es schleicht die Sommernacht auf Katzenpfoten.
Des Schlosses Lichter alle sind gelöscht.
Der Herr des Hauses schläft in seinem Zimmer,
Und atmet regelmäßig, ruhig weiter.
Ganz leise, leise, leise geht die Thür,
Und seine Frau, im weißen Nachtgewand,
Setzt vorsichtig ein Lämpchen auf den Tisch,
Und dämpft den Schein durch vorgestellten Schirm.
Dann sitzt sie bald am Rande seines Bettes,
Und lauscht, und schaut auf die geschlossenen Lider.
Im gleichen Tonfall, langsam jedes Wort,
Spricht sie zu ihm, dess' Brust sich hebt und senkt,
Und hebt und senkt, hebt – senkt, und hebt und senkt:

»Rudolf.« Kamilla? »Wie war heut die Jagd?«
Und er, als spräch' er wachend, klar und deutlich:
Die Jagd, Kamilla? Nun, was soll die Jagd?
Ich war am Waldesrand bei meinem Sohn.

Schwamm ihr ein breiter Blutstrom vor den Augen?
Fiel dann der Schnee so dicht, so dicht herab?
Sie preßt die Hand auf's Herz so fest, so fest –
Und wieder fragt im selben Tone sie:

»Rudolf.« Kamilla? »Und wie heißt dein Sohn?«
Ich gab ihm meinen eignen Namen: Rudolf.
»Rudolf.« Kamilla? »Und wie heißt die Mutter?«
Die Mutter starb, als sie den kleinen Kerl
In meine Arme selig mir gelegt.

Unruhig wird der ruhig Schlafende.
Doch sie mit ihren stillen grauen Augen
Bannt ihn, daß seine Atemzüge bald
In gleichen Zwischenräumen wieder ehren.
»Rudolf« Kamilla? »Liebst du noch das Mädchen?«
Bis jeder Stern vom weiten Himmel fällt.

Die Frau steht auf. Doch bleibt sie noch am Bett.
Ein letzter, langer, schwerer Abschiedsblick
In Haß und Eifersucht und Schmerz und Weh.
In grenzenloser Liebe küßt sie dann
Die Stirne dessen, der ihr Leben war.

Ein Schwan, der seinen Schnabel tief verbarg,
Fährt plötzlich aus dem Traum.
Die stolze Frau
Glitt neben ihm in's Wasser und verschwand.

Trutz, blanke Hans

Heut bin ich über Rungholt gefahren,
Die Stadt ging unter vor fünfhundert Jahren.
Noch schlagen die Wellen da wild und empört,
Wie damals, als sie die Marschen zerstört.
Die Maschine des Dampfers schüttert' und stöhnte,
Aus den Wassern rief es unheimlich und höhnte:
Trutz, blanke Hans.

Von der Nordsee, der Mordsee, vom Festland geschieden,
Liegen die friesischen Inseln im Frieden.
Und Zeugen weltenvernichtender Wut,
Taucht Hallig auf Hallig aus fliehender Flut.
Die Möwe zankt schon auf wachsenden Watten,
Der Seehund schon sonnt sich auf sandigen Platten.
Trutz, blanke Hans.

Im Ocean, mitten, schläft bis zur Stunde,
Ein Ungeheuer, tief auf dem Grunde.
Sein Haupt ruht dicht vor Englands Strand,
Die Schwanzflosse spielt nah' Brasiliens Sand.
Es zieht, sechs Stunden, den Atem nach innen,
Und treibt ihn, sechs Stunden, wieder von hinnen.
Trutz, blanke Hans.

Doch einmal in jedem Jahrhundert entlassen
Die Kiemen gewaltige Wassermassen.
Dann holt das Untier tief Atem ein,
Und peitscht die Welle und schläft wieder ein.
Viel tausend Menschen im Nordland ertrinken,
Viel reiche Länder und Städte versinken.
Trutz, blanke Hans.

Rungholt ist reich und wird immer reicher,
Kein Korn mehr faßt selbst der größeste Speicher.
Wie zur Blütezeit im alten Rom,
Staut hier täglich der Menschenstrom.

Die Sänften tragen Syrer und Mohren,
Mit Goldblech und Flitter in Nasen und Ohren.
Trutz blanke Hans.

Zum Feste heut klingen Cymbeln und Zinken,
Aus den Fenstern mit Tüchern die Frauen winken
Und blättern Blumen in alle die Pracht –
Die Kirchen schloß wer aber über Nacht?
Die Rungholter wollen sich selbst regieren,
Und keine Zeit mehr mit Gott verlieren.
Trutz, blanke Hans.

Auf allen Märkten, auf allen Gassen
Lärmende Leute, betrunkene Massen.
Sie ziehn am Abend hinaus auf den Deich:
Wir trotzen dir, blanker Hans, Nordseeteich!
Und wie sie drohen die Fäuste ballen,
Zieht leis aus dem Schlamm der Krake die Krallen.
Trutz, blanke Hans.

Die Wasser ebben, die Vögel ruhen,
Der liebe Gott geht auf leisesten Schuhen.
Der Mond zieht am Himmel gelassen die Bahn,
Belächelt der protzigen Rungholter Wahn.
Von Brasilien glänzt bis zu Norwegs Riffen
Das Meer wie schlafender Stahl, der geschliffen.
Trutz, blanke Hans.

Und überall Frieden, auf See, in den Landen –
Plötzlich wie Ruf eines Raubtiers in Banden:
Das Scheusal wälzte sich, atmete tief,
Und schloß die Augen wieder und schlief.
Und rauschende, schwarze, langmähnige Wogen
Kommen wie rasende Rosse geflogen.
Trutz, blanke Hans.

Ein einziger Schrei – die Stadt ist versunken,
Und Hunderttausende sind ertrunken.

Wo gestern noch Lärm und lustiger Tisch,
Schwamm andern Tages der dumme Fisch.
Heut bin ich über Rungholt gefahren,
Die Stadt ging unter vor fünfhundert Jahren.
Trutz, blanke Hans?

Una ex hisre morieris

Es flammt der Horizont des heißen Tages.
Der Schmetterlinge Flügelschlag ist hörbar,
So still ruht Baum und Blatt im Sonnenschein.
Auf fernem Steig klingt schwach des Gärtners Harke.

»In einer Dieser Stunden wirst du sterben!«
Steht auf der Sonnenuhr im großen Garten,
Auf Dessen Weiser sich ein alter Spatz
Den unscheinbaren Kragen emsig putzt
Und schnell das schiefgebogne Köpfchen kraut.
Dann fliegt er fort, im Kirschenbaum zu landen.
Doch unterwegs schlägt ihn der böse Falk.

In einer dieser Stunden wirst du sterben.

Bewegung. Menschen. Nackte braune Arme
Tragen zum Teich ein breites Fischernetz,
Und warten dann gehorsam auf Befehl
Zum Anfang.
Goldene Gitterthore springen,
Und trotz der Schwüle naht in schwerem Sammet
Die junge, wunderschöne Königin.
Auf blonder Pagen Armen schläft die Schleppe.
Rechts trägt das Dach, den riesigen Sonnenschirm,
Ein Mohrenknab' in gelb und rother Seide.
Links hält ein schlanker Fant im Puffenwams,
Mit dem sie huldvoll spricht, den gleichen Schritt;
Im schaukelnden Gehenke blitzt sein Dolch.
Der Kammerherr vom Tag und ihre Damen
Folgen in ehrerbietiger Entfernung.
Indessen ist die Fürstin angekommen
Und hat im Marmorsessel Platz genommen,
Den Fuß auf rasch gelegten Teppich setzend.

Der Zug beginnt, ganz wie zu Petri Tagen:
Im Netze zappeln Karpfen und Karauschen

Mit dummen Augen, schnappend, schwer geängstigt.
Die Hoheit lacht, die Kavaliere lächeln,
Es grinst der Mohr, die blonden Pagen kichern.
Und in der allgemeinen Lustigkeit,
Das braune Auge plötzlich aufschlagend
Zum schlanken Fant im blauen Puffenwams,
Flüstert harmlos die junge Königin:
Bei Mondesaufgang an der Sonnenuhr.

Da stürzt ein Pfeil aus dunklem Tannenbusch,
Geschnitzt aus eines plumpen Störes Gräte,
Mit Lust in's liebesehnsuchtsvolle Herz
Der jungen, wunderschönen Königin.

In einer dieser Stunden wirst du sterben.

Sicilianen

Drei grüne Fleckchen hab' ich doch gefunden
Im dürren Lebenssand, mich gern zu recken:
Auf nassem Hengst in Qualm und Tod und Wunden
Des Feindes Skalp am Sattel festzustecken;
Behaglich nach der Jagd mich mit den Hunden
Zum Frühstück unterm Heidbusch auszustrecken;
Geheim mit meinem Mädchen kurze Stunden
Der süßen Sünde Abgrund zu entdecken.

Du hast ein flüchtig Glück.
Um Gotteswillen!
Verrat' es nicht und zeig' es keiner Seele.
Der Neid, ein arger Dieb, hat scharfe Brillen,
Er weiß, es ist die kostbarste Juwele,
Und wird nicht eher seinen Hunger stillen,
Bis er's geraubt dir hat mit heißer Kehle.
Sag', wenn du willst, es brennten die Antillen,
Du rittest hin auf einsamem Kamele.

Mittsommer

Das weiße Häuschen, das ich flimmern sehe,
Wie liegt's abseits in Sonn' und Sonntagsruh.
Der Rosenstrauch am Dach schwillt im Gewehe.
Als wär's der Kamm von einem Kakadu.
Heut Nachmittag, wenn ich spazieren gehe,
Kehr' dort ich ein zu einem Rendezvous.
Wir sind allein. Doch ja daß nichts geschehe,
Spielt Mütterchen dann mit uns Blindekuh.

Im Marschgarten

Nach Osten beugt sich Baum und Beerenflur,
Denn ewig zerrt der West in Sturm und Regen.
Ein dürftig Birnenbäumchen stemmt sich nur
Mit aller Macht dem bösen Wind entgegen.
Des umgeklappten Regenschirms Figur,
Streckt es die Ärmchen aus wie strittige Degen.
Neulich, bei dir, that ich den Fahnenschwur:
Trotzig wie du lass' ich die Stirn mir fegen.

Hinterm Deich

Noch einmal rechts und links den Blick geschwind,
Dann in das kleine Käthnerhaus hinein.
Und vor mir steht ein schlankes, blondes Kind
Madonnenhaft im Winterabendschein.
Zwei Jahrmarktspudel schaun vom Kleiderspind,
Und weinen Glas, und sind so hübsch und fein.
Die Purpursonne schickt den Westerwind
Mit letzten Grüßen unserm Stelldichein.

Auf der Marschinsel

Düke Nommsen, der Strandvogt, stand vor mir. Über 50 Jahre hatte er Regen Rinnen in sein bartloses Antlitz gefurcht, hatten die Winde versucht, das stets kurzgeschorene Haar zu packen. Über 50 Jahre war Düke Nommsen Strandvogt. Er hatte mir nur zu melden, wenn etwas ganz Besonderes vorgefallen oder gefunden war. Das geschah selten. Das gewöhnliche Strandgut sind Balken, Tonnen, Leichen, Wrackstücke: Sachen die nur den Strandhauptmann angehen.

Düke Nommsen, der Strandvogt, stand vor mir. Erregt und – stumm. Die Lippen sprachen, aber ich hörte keine Worte.

»Nun, Nommsen, was hast du, was giebt's?« Schon wollte ich anfangen, ungeduldig zu werden, als er herauspreßte: »Dat is to gräsig (grauenvoll), Herr.« Ich nahm Hut und Stock: »Hast du einen Gendarmen benachrichtigt?« Er schüttelte mit dem Kopfe, dann, während wir schon im Gehen waren, sagte er: »Dat deit ni nödig, Herr.« Düke Nommsen schien Alles um sich her vergessen zu haben. Er, der sonst so ängstlich die Dehors bewahrte, der so respektvoll antwortete, ging heute, statt an meiner linken, an meiner rechten Seite. Antworten bekam ich überhaupt nicht mehr von ihm. Der alte Bursche wurde mir nachgerade unheimlich.

Wir gingen auf dem Norder Außen Deich. Es war holl Ebb' (die tiefste Ebbe.) Auf den Watten rief der Avosettsäbler sein Puith, Puith; ungeheure Schwärme von Möwen nahmen sich zuweilen, wie auf Komando, auf, um sogleich, unter großem Geschrei, wieder einzufallen. Alles ist in Bleifarbe getaucht: Die Halligen, die wie Forts aussehen, um einem hinter ihnen liegenden Kriegshafen als erste Stachel zu dienen, die Ufer im Osten, die Wolken, die Vögel, der Himmel.

Wir wandern auf dem stellenweise unergründlichen Deich nach Westen. Zu unsern Füßen im Süden liegt die große, reiche Nordseeinsel Schmeerhörn. Auf dem nächsten Binnendeich, scharf am Himmel ausgeschnitten, reiten ein Bauer und sein Sohn, hintereinander; vor ihnen liegen Mehlsäcke; man hört ordentlich die schweren Gäule schwappsen und stappsen in der Kleie, die, kniehoch, die Pferde müde macht. Nun sind sie an der Mühle angekommen. Langsam – oha – mit krummsten Knieen rutschen Vater und Sohn von den beiden Braunen. Vadder drinkt 'n suren Punsch (Thee, Schnaps, ohne Zucker), de Säen süht to. Nun klettern sie wieder auf die Pferde, ohne Mehlsäcke. Vadder vörut, de Saen achterna. Man hört wieder – man sieht es zwar nur – das Schwappsen und Stappsen der Gäule. Nu sünd se ant Hus. Beide fallen wieder schwer von den Gäulen. Vadder slöppt und de Saen smökt achtern Diek 'n Sigarrstummel.

Mit uns, über die Fennen, wo fette Schafe grasen, geht ein kräftiger Landmann, der nach seinem abseits liegenden Hof will. Er hat den langen Springstock in der Hand, und sieh!, mit der Eleganz einer Ballettänzerin schwebt er, nachdem er einen Augenblick den Grund sondirt hat, über die oft recht breiten Gräben.

An unserm Außendeich steht nur vereinzelt ein Haus, von kleinen Leuten bewohnt. Als wir bei dem ersten vorbeikommen, ruft ein Hahn seinen Hennen: Gluckukukukukukuk: Paßt auf. Die Hennen, diese ewig fressenden Tiere, picken und scharren ruhig weiter. Henning sieht mit schiefem Kamm zu uns hinauf, verwickelt dabei den rechten Sporn in einen Strohhalm, sucht sich, erbost, zu befreien, kreist und fällt um. Wer hat einen umfallenden Hahn gesehen?

Auf dem Strohdache der Kathe sitzen die Stare in ihrem süßen Geplauder.

Wie still ist es. Aus den Marschen dringt kaum ein Ton, von einigen Höfen klingt das Glucksen der Kalkuttischen Hühner herüber; zuweilen Kinderlachen von einer Werft. Der Wind, natürlich Westwind, hat sich gelegt; Regenwolken ziehen langsam am Himmel.

»Dor, dor ... dor is't« ruft plötzlich Düke Nommsen, der Strandvogt. Ich hatte in die Marsch hinunter geschaut und nun wieder meinen Kopf nach Westen und Nordwesten wendend, habe ich einen sonderbaren Anblick: Auf dem Deiche, hundert Schritt vor uns, stehen etwa zwanzig Menschen mit allen Zeichen der Neugier, der Furcht, des Abwehrens, der Beratung. Sie kommen mir wie eine Gruppe Wilder vor, deren einsame Insel eben ein Fremdling, mit erstem Sprung aus dem Boote, betritt.

»Dor, dor ... dor is't« ruft wieder Nommsen und zeigt mit dem Finger auf den Strand. Etwas Schwarzes, etwas Weißes liegt dort; mehr erkenne ich noch nicht. Ich bin bei den Bauern angekommen, und sehe, daß unten, mit ausgebreiteten Armen, Ertrunkene liegen.

Keiner von den Zuschauern ist zu bereden, mit mir hinunter zu steigen. Ich gehe allein auf die Leichen zu. Ah ... ich prallte zurück: das hatte ich nicht erwartet. Dann fest drauf los:

Auf einer breiten weißen Planke lagen, neben einander zwei Menschen, gekreuzigt: Ein junges, weißes, zierlich gebautes Weib und ein herkulischer Neger. Sie waren nackt; um die Hüften beider waren purpurne Tücher geschlungen. Wie seltsam das doch war, daß ich an ein Paar Totenköpfe (Schmetterlinge) denken mußte, die ich in meinen Knabenjahren einst an einem Tage gefangen und sie neben einander, ausgebreitet, gespießt hatte ...

Weiß und Purpur, Schwarz und Purpur. Ich werde ruhiger und verliere alles Grauen. Die Bauern merken es; sie wollen zu mir; ich befehle mit der Hand, daß sie oben bleiben sollen. Jetzt beuge ich mich zu den beiden. Das Brett, auf das sie geschlagen sind, ähnlich der Thür oder der Wand einer luxuriös ausgestatteten Kajüte, scheint an allen Seiten gewaltsam abgebrochen zu sein. Es ist weiß; und nun seh' ich es genau: es hat vergoldete Leistenumfassungen. Es ist entschieden ein Stück der Wanddekoration aus einer vornehm eingerichteten Kajüte.

Zuerst betrachte ich die Frau. Welch' ein junges Gesichtchen; welch liebliche Züge; nichts ist verzerrt, wie denn auch beide Leichen aussehen, als wären sie nur ganz kurze Zeit im Wasser gewesen. Die Augen stehen bei der jungen Frau halb offen; ich seh' ein tiefes Blau. Langes rötliches Haar fließt um ihr Haupt. Aber ... o ... o ... wie schändlich! diese kleinen schneeigen Hände, an denen die Nägel lang und abgerundet sind (sie haben die Form einer Haselnuß), diese kleinen lieben Hände sind mit großen, plumpen, verrosteten Schiffsnägeln durchstoßen. Das Blut hat die See abgewaschen.

Der Neger, dessen linke Fingerspitzen fast die rechten der Frau berührten, so nahe lagen sie an einander, hat eine gebogene Nase wie der schönste Römerjunge. Die Oberlippe ist emporgezogen und zeigt das Gebiß eines fletschenden Hundes. Auch seine Hände sind mit großen verrosteten Schiffsnägeln durchbohrt. Seine Gestalt ist riesengroß, eine Moriturus te salutat Figur, ein Gladiator Neros.

Die Füße beider sind fest mit dicken Tauen umschnürt, und diese durch mehrere Löcher im Brett gezogen und auf der Rückseite stark verknotet.

Um aller Heiligen willen, wo kommen die beiden her? Das ist klar, daß sie nicht lange im Wasser gelegen haben. Die Flut hat sie dann an unsern Strand gespült.

Hundert Vermutungen wurden in mir wach; hundert phantastische Bilder drängten sich in mir ...

Die Sonne ging unter, so wundervoll, wie wir es nimmer auf dem Festlande, auf der Ostsee sehen. Zwischen schwammigen, dunklen Wolkenmassen schossen tausend Lichter.

Und die Flut kam und dann tritt wieder die Ebbe ein, und dann kommt wieder die Flut, und dann wieder die Ebbe, u.s.w u.s.w.

Verloren

1.

Die erste Schlacht war geschlagen. Der Sieger lagerte auf dem Gefechtsfelde. Der Rauch zahlreicher Bivouacsfeuer stieg zum wolkenlosen Frühlingsnachthimmel empor. In der Ferne, bei den Feldwachen und Patrouillen, fielen einzelne Schüsse.

Abseits der eigentlichen Wahlstatt, dunkelte, in helles Mondlicht getaucht, ein Wäldchen. Inmitten desselben stand ein einstöckiges, jagdschloßartiges Haus. Vor diesem breitete sich ein großer Rasenplatz, von zwei Kieswegen umarmt. Am andern Ende des freien Raumes, gerade der Front des Gebäudes gegenüber, trat, wie eben aus dem Walde kommend, die Diana von Versailles, auf breitem Sandsteinsockel, hervor.

Hier hatte ein heißer Kampf stattgefunden. Thür und Fenster waren zertrümmert; Kugelspuren an den Wänden. Gefallen Grenadiere, Schmerz und Wuth noch auf den Gesichtern, hatten mit ihrem Blut den Rasen gefärbt. Einer lehnte am Sockel der Diana. Sein Nacken war zurückgebogen; die halb offenen Augen blickten zu ihr auf. Die altitalische Göttin hatte dem deutschen Krieger den Weg zur Walhalla gezeigt.

Einige Schritte vor seinen Soldaten, kurz vor der eingeschlagenen Thür, lag ausgestreckt ein junger Offizier. Das blasse Antlitz war zur Seite geneigt. Unter dem Helm hervor drängte sich zwischen die gebrochenen Augen eine dichte schwarze Locke. Seine Rechte hielt noch, wie im Leben, den Degen umfaßt. Die Linke lag auf dem Herzen. Nur ein einziger Blutstropfen war ihm aus der Wunde auf die Hand geträufelt, im Sternenlicht glänzend, als wäre er ein Rubin, der zu dem kleinen, den vierten Finger umschließenden Goldreifen gehöre ....

Frühlingsfriede. Es war so still wie Stein auf Gräbern ruht. Ab und zu nur rauschte ein Windhauch durch die Zweige, klagend und gleichgültig zugleich: er rauschte das ewige Lied es Todes – der Entsagung.

2.

Dieselbe Frühlingsnacht lag auch auf Wald und Feld, auf Stadt und Dorf im Norden unseres Vaterlandes. In dem kleinen Orte war alles schon zur Ruhe gegangen. Auch in dem großen, schloßartigen Hause des Amtmannes schien Alles still. Hinter den Fenstern waren die weißen Rouleaux hinuntergelassen. Nur nach der Gartenseite im Erdgeschoß, waren zwei Fenster weit geöffnet. Ein persischer Teppich bedeckte den

Fußboden des Zimmers. Auf dem runden Tisch vor dem Sofa stand eine Astrallampe, die den Raum hell erleuchtete. Den Fenstern gegenüber war ein »Bechstein« hingeschoben. – In die Nacht hinaus klang das Impromptü *As dur, Opus* 142, Nummer 2, von Franz Schubert. Der Zwischensatz wurde zu schnell, zu leidenschaftlich gespielt; es lag etwas wie Angst und Unruhe darin. Bald waren auch die letzten Akkord des vornehmen kleinen Stückes verhallt.

In eines der offenen Fenster trat ein junges Mädchen. Sie faltete die Hände und blickte in den Garten hinein. Das Kleid war bis an den Hals geschlossen; aus der Spitzenkrause hob sich der schöne Kopf, schmal und blaß. – Und eine Kette klagender, schwerer, sehnsuchtsvoller Gedanken zog ihr Herz in die Vergangenheit.

In weiter Ferne hörte man Gesang. Bald deutlicher, bald schwächer. Es waren Soldaten, die auf dem Wege zur Grenze waren, wo der Krieg in diesen Tagen ausgebrochen.

Jetzt klang es klar zu ihr herüber:

»Kein schön'rer Tod ist in der Welt,
Als wer vor'm Feind erschlagen,
Auf grüner Heid', im freien Feld,
Darf nicht hör'n groß Wehklagen;

Im engen Bett nur Ein'r allein
Muß an den Todesreihen:
Hier findet er Gesellschaft fein,
Fall'n mit wie Kräuter im Maien.«

Sie horchte atemlos. Der Mund öffnete sich ein wenig. Die Augen wurden größer. Auf dem holden Gesicht prägte sich Angst und Sorge aus.

»Mit Trommelklang und Pfeif'ngetön
Manch frommer Held war begraben,
Auf grüner Heid' gefallen schön,
Unsterblichen Ruhm thut er haben!«

klang es, schwächer und schwächer werdend. –

»Auf grüner Heid' gefallen schön,
Unsterblichen Ruhm thut er haben!«

hörte sie noch einmal deutlich.

Die Stirn tief gebeugt, die Augen geschlossen, so hatte sie die letzten Töne vernommen. Nun war es still und einsam um sie her. Langsam ging sie zum Flügel:

»Kein schön'rer Tod ist in der Welt,
Als wer vor'm Feind erschlagen ....«

Sie spielte und sang das alte schöne Soldatenlied. Als sie geendet, lag noch lange die rechte Hand auf den Tasten. Wie oft hatte er es ihr gesungen, mit seiner klaren, ruhigen Stimme. Sie hatte ihn begleitet. Begeistert hatte er dann von den Volks- und Soldatenliedern erzählt. Wie sich die Soldaten selbst ihre Melodien zurechtlegen, zuerst durch kleine Abänderungen von alten Kirchen- und Volksweisen. Wie die Grundstimmung in fast allen ihren Gesängen eine weiche, ernste sei; wie durch alle das Heimweh ziehe, oft unbewußt. –

Ein Nachtfalter flatterte um die Lichter. Sie erhob sich und ging an's Fenster. Die obere Fläche der linken Hand legte sie an die Seitenwand und stützte die Stirn hinein. Aus den großen grauen Augen brachen Thränen, unaufhaltsam.

Ab und zu rauschte ein Windhauch durch die Zweige, klagend und gleichgültig zugleich: er rauschte das ewige Lied der Entsagung – des Todes.

Adjutantenritte

Herrn Oberst A.v. Schell zugeeignet.

(Erinnerungen aus einer Januarschlacht.)

Zu spät

Der Oberbefehlshaber hatte um Mitternacht den um ihn versammelten Generalstabsoffizieren und von allen Seiten zum Befehlsempfang herbeigeeilten Adjutanten die Dispositionen zur Schlacht für den folgenden Tag selbst diktiert. Klar und ruhig sprach er jedes Wort, den Rücken gegen den Kamin kehrend und sich die Hände wärmend. Ohne ein einziges Mal zu stocken, vollendete er den Armeebefehl.

Es war drei Uhr morgens, als wir Adjutanten, uns die Hände zum Abschiede reichend, zu unsern Truppenteilen zurückritten. Ich konnte erst in drei bis vier Stunden bei meinem General sein. Es war eine naßkalte, windige Winternacht mit spärlichem Monde. Meine beiden mich begleitenden Husaren und ich kamen ohne Abenteuer im Quartiere an. Ich traf den General »fix und fertig.« Er hatte sich unausgekleidet auf's Bett gelegt und nur von seinen Mänteln zudecken lassen.

Als ich den Befehl zum Vormarsch verlesen, erhielt ich von ihm die Weisung, ungesäumt nach dem rechten Flügel zu reiten, um dorthin eine wichtige Meldung zu bringen. Ich hätte gerne einen heißen Schluck gehabt, aber der Kaffee war noch nicht fertig; so nahm ich, was ich gerade fand. Es wurde rasch eine Flasche Sekt geleert, die der General so liebenswürdig war mit mir zu teilen. Wir tranken ihn aus Tassen. Roher Schinken schmeckte nicht übel dazu.

Dann ritt ich ab. Der Frühmorgen zeigte ein mürrisches Gesicht; nur der Wind hatte sich gelegt; dumpf und still und grämlich lag's auf der Gegend. Die stark verregnete Karte in der Linken, hier und dort einen Kameraden grüßend, mir von Patrouillen Auskunft geben lassend, trabte ich meinem Ziele zu.

Noch war's nicht voller Tag. Vom Feinde war nichts zu erblicken. Bei den Doppelposten fielen einzelne Schüsse. Als ich in ein Thälchen einlenkte, entschwanden auch unsere Truppen. Das Thal engte sich, und bald bemerkte ich ein Brückchen, das sich über ein träges, schmutzig gelbes Wasser bog. Halt – was ist das? Da lag ein Mensch und sperrte mir den schmalen Übergang. Ich gab meinem Pferde die Sporen und war im Nu an seiner Seite. Es war ein toter Garde mobile, platt auf dem Antlitz liegend. Die Beine und Arme lagen ausgespreitzt gleich Mühlenflügeln. Nein! Nicht tot! Denn der linke Arm hob sich mit letzter Kraftanstrengung empor, als zucke er in der Abwehr vor meines Pferdes Hufen. Ein Rabe, der auf dem Geländer saß und den Schwerverwundeten mit schiefem Kopfe sehnsüchtiglich betrachtete, flog mürrisch in's Weite.

Die Meldung war von Wichtigkeit, ich mußte fort. Hier lag einer nur, und Hunderte büßten vielleicht mein Zögern mit dem Tode. Da fiel mir in den Zügel links ein südfranzösisch Weib mit roten, jungen Lippen. Ihre dunklen Augen gruben sich flehentlich in die meinen. Gerechter Gott! Vor meinem Gaule kniete, den linken Arm ausstreckend gegen mich, den andern um den einzigen Sohn klammernd, ein altes Mütterchen und rief: Halt! Halt. Gieb meinem Sohn zu trinken, nur einen Schluck. Noch lebt er! Hilf, hilf!

Schon lockerte ich im strohumwickelten Bügel den Fuß, um abzuspringen, als mich zwei ruhige graue Augen trafen. Rechts vom Geländer stand ein langes, schmales Weib, im weißen, togaähnlichen Faltengewande! Nicht trüb und traurig, doch auch nicht fröhlich sah sie mich an. Ihre Züge blieben gleichmäßig ernst und streng. Die Dame Pflicht rief mich, und ich gehorchte.

Als ich auf dem Rückweg an dieselbe Brücke kam, lag noch immer der Garde mobile da. Ich sprang vom Pferde, und mir den Trensenzügel über die Schulter hängend, kniete ich nieder, um ihm aufzuhelfen. Doch zu spät; aus seinen Augen lachte mich der Tod an, und die Urmutter Erde sog gierig sein Blut. Der Tag ward heller, wenn er auch trübe blieb. Der Himmel zeigte dem Schlachttage ein widerwärtiges, heimatforderndes Graueinerlei. Schwach klang vom linken Flügel Gewehrfeuer her. Ich nahm den Krimstecher. Doch kaum hielt ich ihn vor den Augen, als mich ein heftiges Knattern schnell zum Umsehn zwang. Vor einem durchsichtigen, nahen Wäldchen lagen graue Wölkchen im Ringeltanze. Da knallte es wieder. Wetter! Das galt mir. Klipp, klapp, schlug's um mich ein in die nackten Zweige einer Eiche. Ich schoß wie die Schwalbe davon, nach rückwärts, zum Wäldchen, Abschiedshandkußgrüße sendend.

Dann, im ruhigen, englischen Trabe weiter reitend, stieß ich plötzlich auf einen Zug Husaren, der um die Ecke eines Häuschens bog. Voran mein Freund, ein junger Offizier mit schiefem Kolpak. Ihm gehörte schon seit Jahren mein Herz; wir hatten uns manchen Tag und manche Nacht zusammengefunden. Wie immer war er a quatre epingles. Im rechten Auge glitzerte die Scherbe, von der ich behauptete, daß er sie auch Nachts nicht ablege. »Wo willst du hin?« »Und du?« Er deutete auf das Wäldchen, das sich mir eben so freundschaftlich gezeigt, und berichtete, daß er auf Kundschaft ausgesandt sei: man habe das Schießen gehört. Zugleich solle er erforschen, ob sich Kolonnen hinter dem Walde gesammelt hätten.

Ich bot mich an, ihm den Weg zu zeigen. Wir schlichen, Indianern gleich, hinter Knick und Wall, jede Terrainfalte sorgsam benutzend. Voran wir zwei, nach allen

Seiten spähend. Neben uns blieb der bärtige Trompeter, die unzertrennliche Begleitung des Lieutenants. Dann folgten zwanzig frische, blonde, blauäugige Bauerburschen.

Wir hatten uns allmählig dem Ziele genähert. Halt! Drei Hundert Schritte kaum lag das Wäldchen vor uns, bestanden mit wenigen Bäumen, durch deren dünne Stämme der Lichtstreifen des Horizontes freigelegt ward. Die vorliegende ebene Wiese war wie zur Attacke gemacht.

Nun zogen wir die Husaren dicht heran. Ein Klingenblitz und Vorwärts, vorwärts!

Die Attacke

Platz da, und Zieten aus dem Busch,
Mit Hurrah drauf in Flusch und Husch,
Und vorgebeugten Leibes rasen,
In einem Strich die Pferdenasen,
Wir zwei weit voran den Husaren,
So sind wir in den Feind gefahren.
Die roten Jungen hinterher
In todesbringender Carrière,
Daß wild die Spitzen der Chabracken
Den Grashalm fegen wie der Wind.
Und hussah, hep, die bunten Jacken,
Sind wir am Waldesrand geschwind.
Geknatter, dann ein tolles Laufen,
Wir konnten kaum mit ihnen raufen,
So rissen die Gascogner aus
Vor unserm Säbelschnittgesaus.
Doch hinter einer schmalen Erle
Stand einer dieser kleinen Kerle
Und macht auf mich recht schlechte Witze,
Und schoß mir ab die Helmturmspitze.
Ei, du verfluchter gelber Lümmel,
Ich treffe gleich dich im Getümmel.
Und »Hieb zur Erde tief,« saß ihm
Im Schädel eine forsche Prim.
Kolonnen rückten nun heran,
Der Auftrag war erfüllt, gethan.
Der Lieutenant sammelte den Zug,

Und als er durch die Säbel frug,
Ob Keiner fortblieb, Keiner fehle,
Da schnürt es ihm die junge Kehle.
Denn der Trompeterschimmel bäumte,
Den Sattel frei, und schnob und schäumte.
Wir fanden seinen Reiter bald
An Brombeersträuchen, tot, im Wald.
Ein blaurot Fleckchen zeigte nur
Den Schuß ins Herz, der Kugel Spur.
Bei meinem Freund zum ersten Mal
Sah ich die Scherbe niederschnippen,
Und Thränen fielen ohne Zahl
Dem Toten auf die bleichen Lippen.

O schäm' dich nicht, wenn dies du liest,
Daß dir so leicht die Thräne fließt.
Im Sterben trägst du noch die Scherbe,
Ich sei, stirbst früher du, der Erbe,
Dann denk' ich an den treusten Freund,
Den je die Sonne hat gebräunt.

An der Mittagstunde

Zwischen zwölf und ein Uhr stand die Schlacht. Auf einem Hügel, neben einem einsamen, brennenden Hause, aus dem die Bewohner geflohen, hielt der Oberbefehlshaber, die Hände kreuzweise übereinander auf dem Sattelknopf haltend, regungslos seit einer halben Stunde.

Der Stab stand gedeckt hinter dem Hause. Von allen Seiten, in rascher Aufeinanderfolge, kamen und ritten ab auf triefenden Pferden Ajutanten, Ordonnanzoffiziere und Ordonnanzen, um zu melden. Den Letzteren war die Meldung schriftlich mit Blei gegeben. Der General schob die kleinen vierkantigen Zettel in die Satteltasche, ohne einen der hinter ihm haltenden Offiziere heranzuwinken. Noch immer hielt er regungslos; nur zuweilen den Krimstecher gebrauchend oder in die Karte blickend. Sein großer Dunkelbrauner kaute unaufhörlich den linken Trensenzügel, ab und zu mit dem Kopfe nickend. Eine Granate krepierte zwischen uns und riß einen Hauptmann vom Stabe in Stücke. Sein Pferd bäumte hoch auf, schlug mit den Vorderhufen in die Luft, und brach dann, gräßlich zerschmettert, zusammen. Wir waren alle unwillkürlich auf einen Augenblick auseinandergesprengt. Ein Offizier eilte zum General, um ihm den Tod des von ihm sehr hoch gehaltenen Hauptmanns zu melden. Der General blieb regungslos; nur klopfte er seinem, durch den furchtbaren Knall unruhig gewordenen Pferde den Hals, und ritt einmal eine liegende Acht.

Die Suite stand wieder auf demselben Fleck. Auf die entsetzlich verstümmelte Leiche breitete eine Stabsordonnanz ein vor dem brennenden Gebäude liegendes buntes Bettlaken. Um das Bettlaken herum waren hingeworfen eine Kaffemühle, ein Bauer mit einem Kanarienvogel, der piepte und lustig, selbst in der schiefen Lage, sein halb verstreutes Futter nahm. Vor dem Hause lagen ferner Bücher, Tassen, eine Frauenmütze, zerbrochene Vasen, Bilder, Kissen, eine Cigarrentasche mit einer Stickerei, ein Kamm, eine Zuckerdose und tausenderlei sonstige Hausgeräte und nützliche und nichtnützliche Gegenstände.

Verwundet war sonst keiner von uns. Die Granate mußte auf dem Sattelknopf des Pferdes des Hauptmanns zerplatzt sein. Ab und zu schwirrte eine verlorene Gewehrkugel mit pfeifendem Tone über unsere Köpfe. Eine schlug in den Gartenzaun ein. Klapp! klang es leicht. Wie ein Spechtschnabelhieb.

Der General hielt regungslos. Sein ernstes, durchgeistigtes, feines Gesicht war blaß. Je mehr es in ihm arbeitete, je mehr beherrschte er sich äußerlich. Wir Offiziere blickten fortwährend durch unsere Gläser und tauschten Bemerkungen.

Verwundete hinkten bei uns vorüber oder wurden vorbeigetragen.

Der Tag war trüb und grau, doch die Übersicht nur zuweilen durch den sich schwer verziehenden Pulverdampf behindert. Wir konnten deutlich vor uns und rechts und links die gegenseitigen Schützenlinien und die Kolonnen, die, wenn sie ins Granatfeuer kamen, sich teilten, sehen.

Auf drei Infanterie-Bataillone westlich von uns richtete sich plötzlich unsere ganze Aufmerksamkeit. Sie zogen neben einander in einer engen Mulde, wie ratlos, hin und her, ohne sich entwickeln zu können. Wie uns schien, marschierten sie in aufgeschlossener Kolonne nach der Mitte; Kompagnie-Kolonnen zu formieren, hinderten die steilen Wände des Einschnitts. Ein Füllhorn von Granaten schüttete sich über sie aus. Auch der General bemerkte es. Er wandte den Kopf zu uns und rief meinen Namen. Ich war mit beinahe einem einzigen Sprunge von der Stelle an seiner Seite: »Excellenz?« »Sehen Sie die kleine Kuppe halbrechts vor uns?« Er deutete, den Krimstecher in der Hand behaltend, auf diese. »Es steht dort ein einzelner Baum; sehen Sie ihn?« »Zu Befehl, Excellenz.« Ich hatte zu thun, mein lebhaft drängendes Pferd zu beruhigen. »Reiten Sie zur 97. leichten Batterie; sie soll unverzüglich dort Stellung nehmen und feuern. Haben wir uns verstanden?« »Zu Befehl, Excellenz.« »Reiten Sie selbst mit der Batterie auf den Hügel und klären Sie dem Batterie-Chef die Situation auf.« »Zu Befehl, Excellenz.« ...und ich war schon unterwegs zu der nur wenige Minuten hinter uns haltenden, vom Oberbefehlshaber zu seiner speciellen Verfügung gestellten Batterie. Es war ein schauderhafter Weg. Gräben und Wälle mußten übersprungen werden. Bald schwamm, bald kletterte mein kleiner Husarengaul, den ich für meinen alten Trakehner Hengst, dem denn doch endlich der Pust ausgegangen war, vertauscht hatte. Vorwärts, vorwärts! Was sind Gräben, noch so breite, was überhaupt Hindernisse im Gefecht. Endlich sah ich die Batterie. Ich winkte schon aus der Ferne mit dem Taschentuch. Der Batterie-Chef verstand es. Er gab Befehle; ich merkte es an der wimmelnden Bewegung, die an den Geschützen entstand. Dann raste er auf mich zu, den Trompeter an der Seite. Wir trafen uns; sein Gesicht glühte, als ich ihm den Befehl zum Vorrücken überbrachte. Der Trompeter war schon in Carriere zur Batterie unterwegs, um vom Hauptmann dem ältesten Offizier die Ordre zu übermitteln, die Batterie »Zu Einem« so rasch wie möglich vorzuführen. Der Hauptmann und ich setzten uns dann in Trab, doch so, daß wir mit der Batterie, die zahlreiche Terrainschwierigkeiten zu überwinden hatte, Fühlung behielten. Ich kannte den Weg aus den Frühstunden. Wir mußten durch eine enge, kurze, schluchtartige Vertiefung, die just so breit war, daß nur ein Geschütz dem andern folgen konnte. In Zügen hier zu fahren, verbot die Enge. Links dieser schmalen Einsenkung war, auch nachdem das felsige Terrain hinter uns lag, durch Sumpf und nasse Wiesen ein Vorgehen von Kavallerie und Artillerie unmöglich; rechts hätten wir große Umwege machen müssen und dadurch viel Zeit verloren. Die Bataillone, die Bataillone! lagen mir im Sinn; dutzendweise wurden dort die Leute gemäht. Hatte unsere Batterie erst Stellung genommen, dann mußte sich die französische Artillerie gegen diese wenden.

Der Hügel war lang genug, um weite Räume zwischen den einzelnen Geschützen zu erlauben. Die Verluste wurden geringer. Wo ist Schlucht, die Schlucht! um uns sah es wild und wüst aus. Aber vorwärts, vorwärts! Der Hauptmann und ich, nachdem der Batterie ein Zeichen gegeben war, zu folgen, jagten vor, um rasch durchzupreschen und die günstigste Stellung für die Batterie auf dem Hügel vor deren Eintieffen auszusuchen.

Um Gott! rief der keineswegs zartbesaitete Hauptmann, als wir einbogen: Bei Gott! da durch zu kommen, ist ja unmöglich. Das liegt ja Alles voll von Verwundeten.

Ein grausenhafter Aublick bot sich uns: Auf einan der geschichtet lagen in der Schlucht Tote und Verwundete, wenn auch in geringer Zahl. Die Letzteren hatten unsere Batterie heranrasseln hören und waren mit größester Anstrengung an die Seiten gekrochen, um dem Rädertode zu entgehen. Es mußte hier vor wenigen Stunden ein verzweifelter Kampf stattgefunden haben.

Unmöglich! Hier war nicht durchzukommen. Aber die Bataillone, die Bataillone! Der Hauptmann und ich hielten einige Sekunden ratlos; die Batterie arbeitete mit keuchenden, dampfenden Pferden näher und näher heran.

Unmöglich! – Da raste auf nassem Pferde ein junger Generalstabsoffizier des Oberbefehlshabers auf uns zu. Um seine Stirn war ein weißes Tuch geknotet; auf den Haaren saß die Feldmütze irgend eines Musketiers. Er lenkte sein Pferd mit der Rechten; mit der linken Hand wischte er fort und fort das unter dem Tuche hervorquellende Blut aus den Augen. Er konnte kaum mehr sehen. Von Weitem schon schrie er mit ganz heiserer Stimme: »Die Batterie, die Batterie soll vor! Wo bleibt die Batterie? Excellenz ist ...« Ich schoß auf ihn zu, um ihn aufzufangen; er lag, fast ohnmächtig, auf der Mähne des nun nicht mehr von ihm geführten Pferdes; die Arme hingen schlaff um den Hals des Tiers. Ich hatte keine Zeit, Verwundeten zu helfen, und wär's mein Bruder gewesen. So rief ich einen im Graben sitzenden Leichtverwundeten, der da mit beschäftigt war, seine Hand zu verbinden, indem er das eine Ende des Tuches mit den Zähnen festhielt. Er legte mit mir den Hauptmann vom Generalstabe sanft nieder. Noch einmal sah ich in das blasse, blutüberströmte Gesicht; in halber Ohnmacht schon, bebten noch die Lippen: Batbatbatbatbat ... Er wollte sagen: Batterie vor!.. O du treuer, o du lieber Mensch!

Kein Sekunde Zeit war zu verlieren. Ich flog zurück zum Hauptmann. Auch er war entschlossen nun. Also vorwärts!

Nicht umsehn! Nicht umsehn! schrie der Hauptmann. Wir zwei kletterten, so rasch es ging, voran. Nur einmal wandte ich den Kopf: – Bald hoch, in der Luft, bald niedrig kreisende, kreischende Räder, schräg und schief liegende Rohre und Achsen, sich unter dem Rade drehende Tote und Verwundete, der Kantschu in fortwährender Bewegung auf den Pferderücken, Wut, Verzweiflung, Fluchen, Singen, Schreien ...

Nun fuhr die Batterie auf dem Hügel auf, Haare, Gehirn, Blut, Eingeweide, Uniformstücke in den Speichen. In wundervoller Präcision fuhr sie auf. Abgeprotzt. Geladen. Richten. Und: »Erstes Geschütz – Feuer!« Der Qualm legte sich dicht vor die Laffeten, wir konnten die Wirkung nicht beobachten. Doch schon beim zweiten Schuß pfiff eine feindliche Granate über uns weg. Sie galt der Batterie. Die Bataillone waren degagiert. Ich ritt, mich vom Hauptmann verabschieden, zurück zum General, das Schreckensthal vermeidend. Als ich mich zurückgemeldet, sagte mir der Oberbefehlshaber ein gütiges Wort. Dann schloß ich mich wieder der Suite an.

Und regungslos hielt der General.

Hinter uns klang häufig das Kavallerie-Signal Trab. Wir konnten die Schwadronen nicht sehen. Aber es war mir, als hörte ich das Stapfen, Schnaufen, Klirren. Kommandorufe klangen an mein Ohr: Ha–hlt ... Ha–hlt ... und immer schwächer und schwächer werdend: Ha–hlt ... Ha–hlt. Alles das klang her, was die Bewegungen eines Reiterregiments so hoch poetisch macht; erst recht, wenn man »drin steckt.« Ich hörte das Alles deutlich, und doch war um uns ein einziger Donnerton. Dazwischen klangen schrill die Schüsse der Batterie, die ich eben herangeholt hatte.

Sie stand nicht weit von uns. Auf vier Meilen im Umkreise plapperte das Gewehrfeuer; es brodelte täuschend wie die Blasen in einem riesigen kochenden Kessel.

Ledige Pferde mit schleifenden Zügeln, zuweilen mit den Sätteln unter dem Bauche, jagten um uns herum. Langsam trottete ein Maulesel heran und begann, vor dem General still stehend, auf der Erde nach Gras zu suchen. Auf seinem Rücken waren zwei Tragstühle befestigt. In jedem von ihnen saß ein gestorbener Franzose. Festgeschnallt, saßen sie Rücken an Rücken, doch so, daß die Gesichter (die Köpfe hingen hintenüber) sich ansahen. Die Oberlippen waren zurückgezogen. Sie schienen sich anzulachen.

Und regungslos hielt der General.

Da kam vom rechten Flügel her, wohin er sich zur genaueren Berichterstattung begeben hatte, der Chef des Stabes an. Reiter und Pferd waren von unten bis oben mit Schmutz bespritzt. Der Oberst mußte in flottester Gangart geritten sein. Das Pferd dampfte; am Halse, unter den Deckenrändern, zwischen den Hinterbacken stand weißer Schaum; Die Flanken flogen; es schien auf der Hinterhand zusammenbrechen zu wollen.

Wir beobachteten den Oberst gespannt, als er neben dem General hielt. Es mußte gut stehen, das konnten wir merken. Während er noch mit dem Oberbefehlshaber sprach, bald auf der Karte suchend und findend, bald mit dem Finger in die Schlacht zeigend, sauste vom linken Flügel ein Meldender heran. Sein Pferd war durchaus fertig. Es konnte nicht mehr den Hügel hinan und brach am Fuße desselben mit seinem Reiter zusammen. Beide überkugelten sich. Aber sofort erhob sich aus dem Knäuel ein junger Jägeroffizier mit einem hübschen schwarzen Schnurrbärtchen, braunen gewellten Haaren, dunkelbraunen Augen und einem durch den Purzelbaum eingetriebenen Tschako. Er stürmte bei uns vorbei, uns lachend zurufend: Es geht gut, es geht gut! Auf seinem kurzen Wege zum General hatte er ein Paar schneeweiße Handschuhe hervorgezogen, und war bemüht, diese noch an den Fingern zu haben, ehe er oben war. Aber nur der linke hatte seinen Platz erobert. Ebenso lächeln wie er bei uns vorbeigekommen, meldete er dem Oberbefehlshaber, der ihm freundlich die Hand reichte. Dann bestieg er ein ihm von einer Ordonnanz eingefangenes kleines Berberroß und ritt, das letzte Stück von einem kalten Huhn, das in unserm Besitz war, annehmend, lustig wieder von dannen, unterwegs kauend und mit der rechten Faust die Beulen seines abgenommenen, entstellten Tschakos in Ordnung zu bringen suchend. Es schien ihm Alles ungeheures Vergnügen zu machen. Grüß Dich Gott, alter Kerl, wenn Dir dies vor Augen kommen sollte. Zwar liest Du selten Gedichte (ich auch), aber es ist immerhin doch möglich.

Der General ritt zu uns hinter das rauchende Gebäude, dessen Dach und Sparren eben prasselnd zusammengebrochen waren, und fragte: Hat einer der Herren noch eine nicht letzte Cigarre? Sie wurde ihm präsentiert.

Dann bildeten wir einen Kreis um ihn. Der Oberbefehlshaber gab einigen von uns persönlich Befehle. Als wir abritten, um die »mit aller Macht auf die Stadt vorzugehn« Befehle zu überbringen, setzte er sich in kurzen Galopp, um, weiter vorwärts, einen neuen Beobachtungsposten einzunehmen. Eine Ordonnanz blieb bei der Brandstätte zurück: sie hatte den Auftrag, den Meldenden von dem neugewählten Aufstellungspunkt des Generals Mitteilung zu machen.

Der Zauber der Mittagstunde war gebrochen.

Es lebe der Kaiser!

Es war die Zeit um Sonnenuntergang,
Ich kam vom linken Flügel hergejagt.
Granaten heulten, heiß im Mörderdrang,
Hol' euch die Pest, wohin ihr immer schlagt.
Ich flog indessen, das war nichts gewagt,
Unter sich kreuzendem Geschoß in Mitten.
Rechts reden unsre Rohre, ungefragt,
Links wollen feindliche sich das verbitten.
Gezänk und Anspuken, ich bin hindurchgeritten.

Plötzlich erkenn' ich einen Johanniter
Am roten Kreuz auf seiner weißen Binde.
Wo kommst du her, du schneidiger Samariter,
Was trieb dich, daß ich hier im Kampf dich finde?
Er aber riß vom Haupt den Hut geschwinde,
Und schwang ihn viel, den seltnen Lüftekreiser,
Und schwang ihn hoch im schwachen Abendwinde,
Und rief, vom Reiten angestrengt und heiser,
Gestern ward unser greiser, großer König Kaiser.

Und zum Salute donnern die Batterieen
Den Kaisergruß, wie niemals er gebracht.
Zweihundertfünfzig heiße Munde schrieen
Den Gruß hinaus mit aller Atemmacht.

Scheu schielt aus gelbgesäumter Wolkennacht
Zum ersten Mal die weiße Wintersonne,
Und schwefelfarben leuchtete die Schlacht
Bis auf die fernst marschierende Kolonne –
Daß hoch mein jung Soldatenherze schlug in Wonne.

Tot lag vor mir ein Garde mobile du Nord,
Es scharrt mein Fuchs und blies ihm in die Haare.
Da klang ein Ton herüber an mein Ohr,
Den Höllenlärm durchstieß der Ton, der klare.
Nüchtern, nicht wie die schmetternde Fanfare,
Klang her das Horn von jenen Musketieren.
Daß dir, mein Vaterland, es Gott bewahre,
Das Infanterie Signal zum Avancieren.
Dann bist du sicher vor Franzosen und Baschkiren.

Zum Sturm, zum Sturm! Die Hörner schreien! Drauf!
Es sprang mein Degen zischend aus dem Gatter.
Und rechts und links, wo nur ein Flintenlauf,
Ich riß ihn mit ins feindliche Geknatter.
Lerman, Lerman! Durch Blut, Gewehrgeschnatter,
Durch Schutt und Qualm! Schon fliehn die Kugelspritzen.
Der Wolf brach ein, und matter wird und matter
Der Widerstand, wo seine Zähne blitzen.
Und Siegesband umflattert unsre Fahnenspitze.